共犯関係

秋吉理香子／芦沢 央
乾 くるみ／友井 羊
似鳥 鶏

ハルキ文庫

角川春樹事務所

目次

Partners in Crime

秋吉理香子

秋吉理香子《あきよしりかこ》
兵庫県生まれ。2008年「雪の花」で第3回Yahoo! JAPAN文学賞を受賞。13年発表の『暗黒女子』が注目を集め、本作は17年に映画化された。ほか著書に『聖母』『サイレンス』『機長、事件です！　空飛ぶ探偵の謎解きフライト』など。

視線を感じて、振り向いた。

髪が長くて可愛《かわい》らしい女性がこちらを見ていた。目が合うと、それをはじらうように、彼女は顔を逸《そ》らす。

カジュアルなバーの片隅。彼女は一人で、連れはいないようだった。この店は女性一人でも気軽に入れる雰囲気で、そしてだからこそ智幸《ともゆき》は時々通っている。ちょっと好みの女性がいると声をかけ、酒を飲みながら会話をし、そして——場合によっては、その後に大人のお楽しみへと突入できる確率が高いからだ。

智幸はまた前を向いて、水割りを飲んだ。再び視線を感じる。振り向く。彼女が目を逸らす。そんなことを何度か繰り返し、ついに智幸は立ち上がった。

「一人？　隣、いいかな」

声をかけると、彼女は少し驚いたようだったが、すぐに口元に微笑を浮かべた。

「もちろん。どうぞ」

「ここ、よく来てるの？」

智幸は彼女の隣のスツールに腰かける。

「ううん。初めて」

アルコールのせいか、または智幸が間近にいるからか、彼女は頰《ほお》を紅潮させた。

「そっか。だから会ったことないんだね。俺、君みたいな可愛い人がいたら、絶対に忘れないもん」

「そんな」

彼女はますます顔を赤らめる。肌の感じから、三十過ぎかなと思う。二十七歳の智幸よりは少々年上だが、充分ストライクゾーンだ。

年齢の割に可愛らしい雰囲気で、服装やハンドバッグはどこか垢《あか》ぬけなく、いくらカジュアルな店とはいえバーに一人で飲みに来るようなタイプには見えない。しかし智幸は遊びなれた女より、このような清楚《せいそ》な女が好みだった。

「名前は？」

「真奈《まな》」

「可愛いね。俺は典幸《のりゆき》」

さらりと偽名を告げる。

「もうカクテルがないな。おごるよ。何がいい？」

「えっと、あの、じゃあスクリュードライバー」

智幸がバーテンダーに注文を入れると、目の前で作ってサーブしてくれた。

「じゃあ、真奈ちゃんとの出会いに」

水割りのグラスと合わせて乾杯する。その時、グラスを持った彼女の左手の薬指に、指輪があることに気が付いた。

既婚者か。

ますます遊び相手には理想的だ。

内心にんまりとする智幸の隣で、真奈は緊張からかハイピッチでカクテルを飲んでいる。あっという間にグラスがあいた。

「次は何を頼む？」

「それじゃあマティーニ」

「さっきからずいぶん強いのを頼むね。まるで酔《よ》い潰《つぶ》してお持ち帰りしてくれって、ねだってるように見えるよ」

「いやだ、そんな」真奈の顔が、ますます赤くなる。「わたし、そんなつもりじゃ……」

「隠さなくたっていいよ。そもそも、結婚している女性がこんな時間に一人で飲み歩いてるなんて、もうそれだけで誘ってって言ってるようなものでしょ」

智幸の指摘を、真奈は寂しげに目を伏せることで肯定した。

「仲良くしようよ。俺たち、同じ境遇なんじゃないかな」

智幸も、指輪のはまった自分の左手を見せる。

「こんなに可愛い奥さんを大事にしないなんて、ひどいご主人だね」

「そうなの、浮気者なのよ。でも、だから……だからわたし、今夜ここに来たの」

真奈がじっと智幸を見つめる。その瞳《ひとみ》は濡《ぬ》れたようになまめかしく光っていて、智幸の心に火をつけた。

「じゃあさ、この店を出て、二人で……悪いことしちゃおっか」

智幸は、自分の左手を真奈の左手に絡ませる。互いの結婚指輪が、かちりと鳴った。

こういうことに慣れていないのだろう、真奈は少しためらうようなそぶりを見せた。もうひと押しするか……と考えた時、覚悟を決めたように真奈が頷《うなず》いた。

「どこへでも、連れてって」

バーの外に出ると、十二月に入ったばかりだというのに冷たい風が吹き付けてきた。こんな季節だからこそ、人肌が恋しくなる。

ラブホテル街を歩きながら、自分のふところ具合とホテルのランクの兼ね合いを必死で計算する。結局智幸は、前に利用したことのあるホテルに入った。部屋は狭いし、凝った内装でもないが、値段が手ごろなのだ。

フロントで前払いの料金を支払っている間、「もっとゴージャスなところがいい」と言われはしないかとヒヤヒヤしたが、真奈はただ恥ずかしそうにうつむいているだけだった。

真奈がシャワーを浴びたいと言うのを無視し、そのままベッドに引きずり込む。最近は妻にも相手にされず、浮気もご無沙汰《ぶさた》だったため、貪《むさぼ》るように真奈の体を楽しんだ。ベッドの中で真奈は大人しかったが、それも逆に新鮮で良かった。

行為が終わると、智幸は大満足して真奈の隣に寝転がった。心地よい疲労感だった。煙草《タバコ》を吸おうと照明を明るくすると、真奈が「きゃあ、やだ」と小さく悲鳴を上げてシーツにもぐりこんだ。

今まで何人かの人妻と寝てきたが、さっさと自分で服を脱いだり、恥ずかしげもなく裸でシャワーを浴びに行ったりするような女が多かった。男という生き物は、どうしても女性に奥ゆかしさを求めてしまうもの。だから人妻でありながら恥じらいのある真奈は、浮気相手としては理想的だった。

智幸はゆっくりと一服した後、ベッドを出た。鼻歌を歌いながらシャワーを浴び、バスタオル一枚で部屋に戻ると、激情のままに脱ぎ捨てたスーツやワイシャツ、ネクタイなどが、きちんとハンガーにかかっている。

「コーヒーで良かった？」

バスローブ姿の真奈が、ソファ近くにある給湯ポットから、ドリップパックをセットしたカップにお湯を注いでいた。

「あ、うん」

これまでの遊び相手から、こんな風にコーヒーを淹《い》れてもらったことなんてない。まして脱ぎ散らかした服をかけておいてもらったことなんて。いや……近頃は妻からも、お茶ひとつ淹れてもらったことすらないのだ。

感激しながらドレッサーの上に畳まれてあるトランクスを穿《は》き、ハンガーにかけられたスーツ一式を身につけていく。

「はい、どうぞ」

優しい声に誘われて、真奈の隣に座る。カップに口をつけ、すすった。

「うまい」

「やだ、普通のパックよ」

「いや……真奈ちゃんに淹れてもらったから、うまいんだ」

「もう、典幸さんたら、調子いいわね」

真奈は口に手を当てて、くすくす笑っている。化粧が取れてあどけないのが、またチャーミングだ。

「こんなことで喜んでくれるんだったら、また次も淹れてあげるわね」

次——

その言葉に、智幸はカップを置き、居住まいをただした。

「あのさ、真奈ちゃん」

「なあに？」

「この関係を、続けたいわけ？」

「そうだけど……イヤ？」

「イヤじゃないけど」

智幸は咳払《せきばら》いした。

「俺たちは二人とも結婚して家庭があるわけだよね？　あ、ちなみに真奈ちゃん、お子さんはいるの？」

「ううん、まだいない」

「そう。うちもだ。まあともかく、互いに配偶者がいるわけだから、こんな風に会うのは当然リスクがあるよね」

「じゃあ……もう会えないの？」

真奈が、すがりつくような瞳で見つめてきた。ぐっと来ない男はいないだろう。

「いや、会えるよ。ただし、君がルールを守れるならね」

「ルール？」

「そう。大人の恋愛のルール。一、誰にも話さない、二、相手の家庭を壊さない、三、互いに執着しない」

「ええ、できるわ」

真奈が神妙な面持ちで頷く。

「それならいいよ。じゃあ俺たちは今日から、パートナーズ・イン・クライムだ」

「パートナーズ……イン・クライム？」

真奈が首をかしげる。

「そう。共犯者ってこと。直訳すれば、罪の中にいる二人」

この言葉を口にする時はいつも、真《ま》っ暗闇《くらやみ》の中で手をしっかりと握りあっている男女の姿がなぜだか思い浮かぶ。昔の洋画を観《み》て覚えた言葉だった。

「W不倫っていうのはさ、同じ罪を背負うわけ。互いに結婚してるってことを承知で関係を進めるんだから、男だけが悪い、女だけが悪いっていうのは通らないよ。最初から加害者・被害者は存在しない。対等な共犯者だっていうこと。いいね？」

「共犯者ね、わかったわ」

真奈は、どことなく嬉《うれ》しそうに頷いた。秘密の関係。共犯者。そういった背徳めいたものは、恋愛にスリルを与えてくれる。

浮気はスリリングだからこそ楽しいのだが、片方が独身であれば非常に危険だ。独身者が既婚者にのめり込み、配偶者との別れを迫り、応じないと抜き差しならない状態になる。その点、W不倫であれば、お互いに失うものがあるから絶対に秘密は守る。配偶者の元にいつでも戻れるから、不倫関係に執着することもない。

だから智幸は独身女性には決して手を出さない。今夜のように、結婚しているかどうかを確認してからホテルに誘うのが常である。

「じゃあ共犯になった記念に……なんていうのは冗談だけど。はい、これ俺の連絡先」

智幸は胸ポケットから名刺を取り出す。名刺は大手総合商事会社のもので、「営業部部長　田村《たむら》典幸」となっている。嘘《うそ》っぱちの名前、そして嘘っぱちの商社マンだ。これは不倫用に作ったフェイクの名刺。本当の智幸は、零細企業勤務の、しがない契約社員である。

しかし真奈は名刺を見ると、目を見開いた。

「梅山《うめやま》商事にお勤めなの？　それに部長だなんて。すごい人だったのね」

「そんなことないよ」

さらりと受け流す。根掘り葉掘り聞かれてぼろを出す前に、今度はこちらが尋ねた。

「真奈ちゃんは？　何か仕事してるの？」

「ううん、わたしはただの主婦よ」

真奈は自虐的に笑った。

「主婦だって立派な仕事じゃないか。俺はいつもそう思ってるけどね」

こう言われると女性は嬉しいはずだ。案の定、真奈は顔を輝かせる。

「そんなことを言ってくれるの、典幸さんだけだわ。主婦の大変さをわかってくれる男の人なんて、なかなかいないもの」

そう、智幸には苦労がもちろんわかる——妻の尻に敷かれ、家事のほとんどを自分がやっているのだから。

「またすぐに会える？」

「そうだね。今日みたいに夜も大丈夫だけど、取引先回りで昼間に出られることもある。だからいつでも気軽に連絡してよ」

名刺に記載されている携帯番号だけは本物だが、メインでなくセカンドの携帯だ。古いガラケーだから、ＬＩＮＥができない言い訳にもなる。ＬＩＮＥやメールは残るものなので、不倫には不向きだと常々思っている。

「わかった。じゃあ近いうちに電話するわね」

逢瀬《おうせ》を待ち遠しそうにするいじらしい真奈の額に口づけると、智幸は一人で部屋を出た。誰かに目撃されると困るので、真奈には別々に、そして最低でも三十分経《た》ってから帰るように言い含めておいた。

帰り道、智幸の足取りは弾んでいた。しかし帰宅して玄関のドアを開けた途端、現実を突きつけられる。

三和土《たたき》にあふれるハイヒールやパンプスの隙間《すきま》でかろうじて靴を脱ぎ、段ボール箱の積み重ねられた廊下を抜け、やはり段ボール箱だらけのリビングルームへと行く。ソファスペースだけは若干空間があり、そこに妻が座ってノートパソコンとにらめっこしていた。

「ただいま」

妻、綾子《あやこ》は答えず、ひたすらキーボードを打ち込んでいる。智幸はため息をつきながら、途中のコンビニで買ってきたビールを冷蔵庫に入れた。

シンクには飲み残しの紅茶が入ったカップが数個と、パスタソースで汚れた皿が置いてある。ジャケットを脱ぐと、ワイシャツの袖《そで》をまくり上げて、智幸は洗い始める。

綾子とは同じ大学で知り合った。一流ではないが二流でもない、まあまあの大学の文学部で一緒だった。智幸は演劇サークルに所属しており、ルックスが良かったために常に主役を張っていた。綾子も芝居を見て智幸に惚《ほ》れたらしく、猛烈にアプローチをしてきたが、大学内にちょっとしたファンクラブもあるほどだった智幸には、数あるガールフレンドのうちの一人に過ぎなかった。

卒業が近づくにつれて就職活動をしたが、智幸は惨敗。演劇サークルの方も、卒業記念公演を最後に活躍の場はなくなった。騒いでいた女子学生たちも、卒業後にはフリーター決定の智幸から離れていき、ファンクラブも自然消滅。そんな中で、最後まで智幸を好きでいてくれたのが綾子である。

綾子は美人ではなく、ごく普通の目立たない女だ。そんな綾子にとってずっと智幸は高《たか》嶺《ね》の花で、だから付き合うことになった時は狂喜し、フリーターとなった智幸に小遣いを渡したりと尽くしてくれた。綾子は就職せず家事手伝いをしていたが、大企業の重役令嬢なので自由になる金があったのである。

なんとか契約社員として超弱小広告制作プロダクションに職を得た智幸は、卒業してから三年後に綾子と婚約することにした。しかし彼女の父親は、社員五名程度の零細企業で働く智幸のことなど全く認めてはくれず、当然ながら大反対。特に綾子の母親が若くして亡くなって以来、男手ひとつで育ててきただけに、可愛さはひとしおであるようだ。

それでも綾子は智幸について行くと言い、駆け落ち同然で結婚に至った。

「二人で温かい家庭を築くわ。もうパパの世話になんてならない！」

そう啖呵《たんか》を切って自宅を出ると、小さなアパートで智幸との新婚生活をスタートさせた。

しばらくは幸せだった。狭いながらも楽しい我が家で、綾子はまめまめと掃除をし、料理をし、夜は晩酌に付き合ってくれた。

しかし一年もたったころ、ままごとのような暮らしに飽きたのか、はたまた夢から醒《さ》めたのか――いや、両方だろう――だんだん家事が手抜きになっていった。これまでお嬢様暮らしだった自分がどうしてこんな生活をしなければならないのだ、と不満に思ったのかもしれない。

綾子の気持ちはわかるが、智幸は智幸で「養ってやっている」というプライドがあった。薄給ではあっても、家賃から光熱費から食費から、全《すべ》て負担している。それに朝から晩まで働いているし、とても家事には手が回らない。

だんだんと家の中は荒れ始め、夫婦仲もぎくしゃくし——結婚二年目となる現在に至っては、すっかり冷え切っているのだった。

皿をすすぎ、水切り籠《かご》に入れようとして、そこに乾いた食器が置かれていることに気付く。いったんすすぎを中断し、先にそれを食器棚にしまった。

——食器を片づけるくらい、してくれてもいいのに。

いらいらしながら、再びすすぎに取り掛かる。それを終えると、紅茶や煮物の汁などがこびりついたテーブルを拭《ふ》いた。

ふう、と息をついてキッチンから綾子のいるリビングを見る。段ボール箱の合間から覗《のぞ》く綾子は、キーボードを打つ手を止め、ぼんやりと宙を見ていた。

「綾子」

反応して、綾子が智幸を見る。

「あのさ、手が空いてるんだったら、この段ボールとか、ちょっとは整理してもらえないかな」

神経を逆なでしないように、ごくごく優しく、控えめに言ったつもりだった。しかし綾子はキッと目を吊《つ》り上《あ》げ、立ち上がった。

「手が空いてる、ですって？　これが何もしてないように見える⁉」

見えたのだから仕方がない。が、黙っていた。

「わたしはね、考えてるの。ずーっとずーっと頭の中で、論文を組み立ててるの。キーボードを打っていなくても、何もしていないわけじゃないのよ！」

ヒステリックにそう叫ぶと、再びソファに腰を下ろした。

「ああもう全く、良いセオリーが浮かびかけてたのに、忘れちゃったじゃない」

「でもさ、せっかく新築の家に引っ越してきたのに、いつまでもこんなじゃもったいないだろ？」

ふん、と綾子は鼻を鳴らす。

「せっかくの新築、だなんて言うけどね、お金はどこから出てきたの？」

「……綾子のお父さん」

「そうよね。あなたは一銭も出してない。わたしがどう使おうが自由でしょう？　あなたは住まわせてもらってるってことを忘れないで。それに、わたしは研究と論文で忙しいの。そういうことは、率先してあなたがやってくれなくちゃ」

半年前に義父が病死し、それなりの遺産を相続した綾子は「これからは好きなことをして暮らす」と宣言した。一つ目は、ボロアパートから引っ越すこと。綾子は土地を買い、家を建てることに決めた。そして二つ目が、大学院に通うというものだった。

「学費はどうするんだよ」

「家を買ったって、それくらいの遺産は残ってるわ」

そう言われると、智幸は何も反論できなかった。

それからの綾子は、新居が建ちあがるのを楽しみにしつつ、いそいそと大学院に通い始めた。ずっと敬愛していたフランス文学者、磯村秀夫《いそむらひでお》の研究室で、海外の文献を調べたり、論文を書いて発表したりと充実した大学院生活を送っているらしい。

毎晩遅くまで資料を読み、休みの日には図書館でひたすら文献を漁《あさ》っている。おまけにコンパへ行ったり、サークルに入ったりとすっかり学生気分で、家のことにはさらに手を付けなくなった。

最初は腹を立てていた智幸だったが、頭を切り替えた。綾子が家を空ける時は、自分だって遊ぶチャンスだ。結婚してからの二年、智幸なりに誠実に妻だけを見つめてきたつもりだ。しかし元々はファンクラブに気を良くしていた遊び人である。だから綾子が研究やら学会やらで遅くなる日を狙《ねら》って、バーで気軽に相手を探し、それなりに楽しんできたのだった。

しかしそうやって納得してきたとはいえ、やっと新居が出来上がり、引っ越してから二週間にもなるというのに、全ての荷物を片づけろと言わんばかりに手を付けない綾子には、さすがに腹が立つ。

「そうは言ってもさ、俺の私物なんてほとんどないだろ。君の服や化粧品、バッグ、そして本や書類じゃないか。それくらい責任もってやってくれよな」

「なんですって⁉」

激昂《げきこう》しそうになった綾子は、しかしそこで口をつぐんだ。少しあいたカーテンの隙間から、リビングの窓の外をおばさんが犬を連れて通りかかるのが見えたからだ。

お隣の噂《うわさ》好きなおばさん。注文住宅とは言っても都心なので大豪邸というわけにはいかず、土地もせいぜい二十坪強。隣家との外壁同士は数十センチしか離れていない。ちょっと大声を出せば隣に聞こえてしまい、実際、引っ越してきてすぐ、「派手な喧嘩《けんか》してたみたいねえ。大丈夫？」とにやにやと話しかけてきて、しかもそのことが近所中に知れ渡っていた。おおかた今だって夫婦喧嘩の声を聞きつけて、犬の散歩のふりをしつつ外に出てきたのだろう。

カーテンを閉め、おばさんと犬の足音が遠ざかるのを待っているうちに、智幸は冷静になった。

こんなこと、言っても無駄だ。わかってたはずじゃないか。

そもそも義父の遺産が入ったおかげで、アパートから戸建てに引っ越すことができた。それに時々、こっそりと綾子のクレジットカードで飲み食いしたり、スーツを買ったりさせてもらっている。つまり、人並みの生活ができ、かつ適当に遊べるのは綾子のおかげなのだ。

「ごめん。引っ越しの荷物、すぐに片づけるから」

素直に謝ると、

「うん、そうしてくれると助かる」

妻もこれ以上の言い争いを避けたかったのか、面倒くさかったのか、再びノートパソコンに向き合った。

智幸は、未開封だった段ボールを開け、それぞれのあるべき場所にしまい始める。一段落ついたら、紅茶でも淹れてやって機嫌をとっておこう。綾子に愛想をつかされ、離婚を切り出されたらたまらない。

今のところ妻が別れないのは、愛情があるというよりも、自分が優位に立て、わがままを通せるからだろう。そして、今でも衰えていない智幸のルックスによるところも大きい。デパートやコンサートに行く時、綾子は必ず智幸を連れて出たがった。つまりは微妙なギブアンドテイクが成り立っているのであり、とにかく波風を立てず、うまくやっていくに限る。

段ボール箱から服を取り出してハンガーにかけ、クローゼットにしまいながら、ふと真奈のことを思い出した。

きっといい奥さんなんだろうな。綾子と違って。

ほんのわずかな時間だったが癒《いや》された。もしも綾子と別れて真奈と結婚したら、毎日家は磨き上げられ、食卓には出来立ての美味《おい》しい手料理が並び、そして夜はベッドの中でも尽くしてくれる――

甘い妄想に浸っていた智幸は、我に返って苦笑する。

そんなの無理に決まってるじゃないか。真奈は可愛いし家庭的だが、専業主婦で経済力はない。貧しい生活に愛は育たないことを、智幸は身をもって知っている。

だから、これでいいんだ。

今のこの生活が俺には合っている。妻に経済的に頼りながら、時々、うんと羽を伸ばす。

人生、美味しいとこどりしなきゃ。

智幸は鼻歌を歌いながら、片づけを続けた。


真奈から電話があったのは、それから三日後の夜だった。落ち合い先のラブホテルの部屋へ行くと、先に来ていた真奈が出迎えてくれた。薄手のニットワンピースが体にぴたりとはりつき、ボディラインを強調している。大きくあいた胸元からは谷間が見え、短めのスカートからは形のよい脚が伸びていた。すぐにベッドへと連れて行き、思う存分、真奈の体を味わう。

「シャワー浴びてくるよ」

　行為の後ベッドから出ようとすると、真奈が引き留めた。

「忙しいお仕事で疲れてるでしょ。お風呂《ふろ》にしたら？　お湯、入れてきてあげる」

「え？　いいよ別に」

「いいから。ゆっくり浸かって疲れを取って。ここ、ジェットバスだって。パンフレットに書いてある」

　真奈はバスローブを羽織ると、風呂場へ行った。湯の音が聞こえてくる。確かにジェットバスなら入らなければもったいないような気がした。

「入ったわよー」

　しばらくすると風呂場から、のどかな真奈の声がする。まるで新婚だな、とニヤつきながら風呂場へと行った。

「真奈ちゃんも一緒に入る？」

「いやよ、恥ずかしいもん。さあ座って。背中流してあげる」

　かけ湯をすると、真奈は石鹸《せっけん》を泡立て、ボディタオルで背中をこすってくれた。ああ、気持ちがいいなあ。誰かに背中を流してもらったのなんて、いったい何年ぶりだろう。

「真奈ちゃんのご主人はいいよなぁ」

「え？」

「だって、毎日こんな風にしてもらってるんでしょ？　っていうか、こんなに良い奥さんがいるのに浮気するなんて、信じられないよ」

鏡に映る真奈の表情が、とたんに悲し気になる。

「あ、ごめん」

「ううん、いいの。浮気がわかった時のショックを思い出しちゃって」

「わかったのって最近？」

「二週間くらい前だったかしら」

「ご主人って何をしてる人なの？　もしかして社長とか、えらい人？」

「まさか。普通にお勤めしてる。そこで、悪い女に誘惑されちゃったみたい」真奈は小さくため息をついた。「でも、夫が浮気してくれたおかげで典幸さんに出会えたんだものね」

鏡越しに視線を合わせ、真奈が微笑《ほほえ》んだ。

いじらしいな。こんなに良い奥さんがいながら浮気なんて、男ってのはホントどうしようもないよなぁ、と自分のことは棚に上げて思う。

背中を流し終わると、「じゃあ、ごゆっくりね」と真奈は出て行った。

智幸はジェットバスにゆったりと身を沈める。ふと壁を見るとボタンがあり、有線を聞けるようになっていた。うるさいと妻に怒られるので気兼ねして家では聞けないロック音楽を、がんがんにかける。シャンプーしながら、ミュージシャンになった気分で大声で歌った。

　最高の気分で風呂場を出ると、やはりスーツ一式がハンガーにかけられ、下着と靴下も畳まれてあった。

「ビールが冷蔵庫に入ってたわよ。飲む？」

「いや」ワイシャツに腕を通す。「今日は休肝日にしてるんだ。他に何がある？」

「コーヒーに紅茶、あ、梅昆布茶もあるわ」

「じゃあ梅昆布茶がいい」

　真奈が湯のみに粉を入れ、湯を注いでいる。梅と昆布の庶民的な香りが漂ってきた。一瞬、真奈に味噌汁《みそしる》を作ってもらっているような、家庭を築いているような錯覚に陥った。

　バスローブ姿の真奈と向かい合って座り、梅昆布茶をすする。二人で顔を見合わせて、ふふ、と笑い合った。

　茶をすすりながら、ちらりと腕時計を確認する。もうすぐ出ないと、綾子が帰ってくる時間に間に合わない。

「じゃあ、そろそろ行こうかな」

　立ち上がってカバンを持ち、ドアへと向かった。

「待って、智幸さん。ハンカチ忘れてるわよ」

「ああ、ありがと」

普通にそう答えて受け取りながら、おや、と思う。トモユキさん、と今呼ばれなかったか?

「どうしたの、典幸さん」

「ううん、なんでも」

聞き間違いか。

だよな、本名を知っているはずがない。

遊び相手と会う時はいつも、身元がわかるものは持ち歩かないことにしている。もともと車の免許は持っておらず、保険証は家に置いている。本物の名刺は会社に置いてあるし、絶対にわかりっこないのだ。

「ねえ、もう少しいられないの?」

「うん。海外のクライアントから、急な案件を頼まれてね」

商社マンらしいことをうそぶきながら、名残惜しそうにしている真奈を残して部屋を出た。

慎重に周囲を見回し、ラブホテルの外へ出る。それから走ってホテル街から遠ざかった。

電車に乗っている間も、最寄り駅で降りてから歩いている間も、まだ心は浮かれていた。

家庭では満たされない渇きを、真奈が癒してくれる。そして真奈が夫に満たしてもらえないものを智幸が与えてやっていると思うと、男としてのプライドも充足する。互いが与えつつ、与えられ、そのことによって満たされるのだ。

そしてそれは、互いに家庭があるからこその完璧《かんぺき》な関係なのである。片方が独身であれば、この絶妙なバランスは生まれえない。これがW不倫の最高のメリットなのだ。

道路の先に、家の明かりが見えてきた。そろそろ現実が近づいてくる。やれやれとため息をつきつつ、玄関のドアに鍵《かぎ》を差し込んだ。ふと、気配を感じて辺りを見回す。しかし夜道には、誰もいない。

気のせいか。

智幸は首をかしげながら、家の中へと入って行った。


真奈に違和感を持ち始めたのは、三回目の逢瀬の時だ。

ベッドで楽しんだ後、いつものように真奈が風呂を勧めてきた。

「いや、今日は急いで帰らなくちゃいけないから。さっき嫁さんからメールがあって、風邪ひいたから早退するらしい」

それまでにこやかだった真奈の表情が、すうっと強張《こわば》る。

「奥さんって……わたしより美人？」

「え」

ワイシャツのボタンを留める手を思わず止めて、真奈を見る。恐ろしいくらい、真剣な面持ちだった。

「ねえ、奥さんってどんな人なの？」

「おいおい真奈ちゃん——」

「ごまかさないで。ちゃんと答えてよ！」

真奈がキッと睨《にら》み付《つ》ける。その凄《すご》みに背筋が寒くなった。

「そんなの……真奈ちゃんの方が美人に決まってるだろ」

「……本当？」

「当たり前じゃないか。顔だけじゃない。性格だって、他のことだって真奈ちゃんの方がいいよ。嫁さんは性格がきついし、家事もほとんどしない。真奈ちゃんとは全然違うよ」

ほんのかすかに、真奈の口元が嬉しそうに歪《ゆが》んだ。

「そう？　だったらいいんだけど」

そこからはいつもの真奈に戻り、かいがいしくシャツのボタンを留めてくれたり、ジャケットを着せてくれたりした。が、智幸はただならぬものを感じ、着替えおわると慌てて部屋を出た。

真奈のあの反応は、W不倫を気軽に楽しんでいるような女の口調では、明らかになかった。

どちらかが相手の配偶者にジェラシーを感じ始めたり、張り合おうとし始めたら……それは危険なサインだ。のめり込み、執着していることを意味する。

真奈にさらなる恐怖を感じたのは、次に会った時だ。

その日は行為の後、マッサージや耳かきなどあれこれ世話を焼こうとする真奈が鼻につき、あえてテレビをつけた。

テレビではワイドショーをやっていて、『痴情のもつれで地獄へ一直線　W不倫殺人事件』というどぎついテロップが出ている。半年ほど前に起こった事件で、智幸も知っていた。女性側がストーカー化した挙句、男性を殺害してしまったという事件だ。

ワイドショーは再現ドラマ仕立てで、加害者女性役の女優が、男性を何度も刺している場面が映っている。

とんでもねえ女だな、と心の中で思っていると、隣で真奈が「この女性の方が、可哀想《かわいそう》な被害者なのに」と呟《つぶや》いた。

「え？」

「だって、男は離れようとしてたんでしょ？　裏切りじゃない」

「でもこんなの行き過ぎだよ。絶対におかしいって」

「男の人にはわからないかもしれないわね。だけど、愛を貫く為《ため》なら、女はどんなに危ないことだってできるのよ」

テレビ画面を見つめながら、真奈はうっすらと微笑んだ。薄暗い部屋で、画面の青白い光が真奈を不気味に照らしている。

全身の毛が逆立った。

俺、他人事《ひとごと》みたいに再現ドラマを観てる場合じゃない。ひょっとして真奈にも、そういう傾向はあるんじゃないか？

これ以上深入りしない方がいいかもしれない。今ならまだ間に合う。電話にさえ出なければいいのだ。そうすれば二度と会うことも――

そこまで考えて、ハッとする。

もしかしたら本名を知られているのではないか。先日呼ばれた時は聞き間違いかと思ったが、そうでないとしたら？

しかし、どうやって調べたんだろう。名刺もフェイクだし、免許証や保険証もない。可能性があるとすれば、まさか……自宅まで尾行された？

そういえば先日、誰かの気配がしたのではなかったか。もしあれが真奈だとしたら……。

いやいや、待て。それはありえない。

尾行するには、智幸のすぐ後に部屋を出なくてはならないではないか。智幸が去る時、真奈はバスローブ姿のままで、服に着替えてはいなかった。ドアが閉まってすぐ着替えるにしても五分はかかるし、特に智幸は走ってホテル街を抜けるので、追いつけないはずだ。

そうだぞ、尾行なんて無理だ。心配ない――必死で自分にそう言い聞かせながら、また別の考えが浮かぶ。

もしもバスローブの下に服を着ていたら？　そういえばあの日、真奈は冬だというのに襟元のあいたミニのニットワンピースを着ていた。智幸を見送った後、バスローブを脱いで靴を履くだけなら、充分に間に合う――

隣の真奈を、そうっと窺《うかが》う。

真奈は微笑を浮かべながら、血まみれで苦しそうにうめいている男性を眺めていた。

頭の中で、赤い警戒ランプが点滅する。

真奈は、やばい女なのかもしれない……。


次に会う約束の日が近づいてくるにつれて、だんだん憂鬱《ゆううつ》になっていった。

本名や自宅のことは、智幸の考えすぎだという可能性はある。けれども妻に対して敵対心があることは、明白な事実なのだ。そうなった時点で、もう共犯関係は機能しない。加害者と被害者となってしまった関係の行き着く先が――あのような殺人事件になるのだ。

やはり距離を置こう。智幸は心に決めて、約束の当日、電話をした。

――あら典幸さん？　もうすぐ着くわよ。

真奈の舌っ足らずな声が聞こえる。

「あ、あのさあ真奈ちゃん、悪いけど、今日会議が長引きそうで――」

――あら、じゃあちょっとしか会えないのね。

「いや、そうじゃなくてさ。行けないんだ」

――ええー、少しだけでもいいから会いたいなあ。

甘えた声を出してくる。

「うん、ホント俺も会いたいんだけどさ、ちょっと難しいかな」

――そんなのひどいわ。約束したじゃない。

「そうだけど、仕事だからしょうがないよ」

――いやよ。とにかく絶対に来て。でないと許さないから。

駄々をこねている感じだったのが、やり取りを重ねるうちにだんだん脅迫めいてくる。

真奈は何度も執拗《しつよう》に会うように迫り、結局智幸は応じざるを得なかった。

ホテルの部屋に入った途端、真奈が抱き着き、熱烈に舌を絡ませてくる。そうなると悲しい男の性《さが》で、警戒心はどこへやら、すぐさまベッドに移動した。

行為が終わると、また冷静になる。きちんと話し合わなければならない。

「あのさ、真奈ちゃん」

ベッドの上に仰向《あおむ》けになったまま、切り出す。

「なあに？」

「俺たち、もう会わない方がいいと思う」

「どうしてそんなことを言うの？」

真奈が胸にシーツを当てたまま上体を起こし、悲しげに智幸の顔を覗き込んだ。

「いや、その……実は俺、君が思っているような男じゃないんだ」

「どういう意味？」

「俺、本当は大企業になんて勤めてない。部長だなんていうのも嘘。零細企業のしがない契約社員なんだ」

具体的な社名や職種は伏せつつ、カミングアウトする。これで真奈も目を覚ますだろう。真奈だって、エリートサラリーマンだと思うからこそ、智幸に執着しているのかもしれない。

「月給は手取りで二十万弱。ボーナスなし。年収三百万を切ってるんだぜ？　いくら遊び相手とはいえ、真奈ちゃんにはふさわしくないよ」

神妙に耳を傾けていた真奈が、ぎゅっと智幸の手を握り、微笑んだ。

「大丈夫よ。知ってたから」

……え？

「わたし気にしないわ。典幸さんは典幸さんだもん。この出会いを大切にしたいの」

「ちょ、ちょっと待って。知ってたって……どういう意味？」

「ああ、えっとね」

　真奈ははにかんだ。

「本当はね、最初に出会った夜、たまたま典幸さんの会社前にある喫茶店にいたの。ビルから出てきた典幸さんを見て素敵な人だなあって思って、こっそりあとを尾《つ》けてバーに入ったのよ」

「……え？　じゃあ最初から梅山商事じゃないって……」

「もちろん知ってたわよ。梅山商事は新橋にある大きなビルでしょ。だけど別に良かったの。誰にだって知られたくないことってあるでしょ？」

　屈託なく真奈が笑う。俺に地位も金もないことを、彼女は知っていた。

　知っていて身を任せてくれたし、好きでいてくれる。スペックで男を判断しないなんてやっぱり良い女じゃないか――そう思いかけて、待てよと現実に戻る。俺をこっそり尾けてバーに来たって？　最初からして、かなりヤバくないか？

　元々がそういう子だとしたら、やはり家だって知られていると覚悟した方がいい。きっと本名だって。

　もう、真奈からは逃げられないのか――

「そ、そうか。真奈ちゃんがこんな俺でいいって言うんなら、それでいいんだ」

引きつる頬を無理やり上げ、嬉しそうな笑顔を作る。

「ええと……俺、もう帰らないと」

あくまでもさりげなくベッドから出る。

「まだいいじゃない」

「いや、忙しいってのは本当だから」

トランクスを穿き始めた智幸を見て、真奈も諦《あきら》めたようだった。

「じゃあコーヒーでも淹れるわ。それくらい飲む時間あるでしょ？」

真奈はベッドから手を伸ばしてソファにひっかけてあるバスローブを取ると、羽織って立ち上がった。

コーヒーの芳《こう》ばしい香りが広がる中、智幸は手早く服を身につける。気分を損ねないようにコーヒーだけ付き合おう。

「典幸さん、どうぞ」

「ありがとう」

ソファに座り、コーヒーを一口飲む。

「ねえ、次はいつ会えるの？」

「そうだなあ」

いつがいいだろう。

別れられないのならせめて間隔をあけて、適度な距離を置きたいところだ。そうだな、さ来週くらいにしておくか……。

ふと気が付くと、ソファに寝転がっていた。目の前には、変わらずバスローブ姿で真奈が微笑んでいる。

あれ？　俺、うたたねしてた……？

急いで飛び起き、時計を確認する。二時間以上がたっていた。

「嘘だろ……どうして起こしてくれなかったんだよ」

「だって、気持ちよさそうに眠ってたから」

「だからって……やばいよ。もうすぐ――」

嫁さんが帰ってくる、と言いかけて、言葉を飲み込んだ。またここで真奈を刺激してはマズい。

「いやほら、電車が混むから」

適当な言い訳をして、部屋を飛び出した。

駅まで全速力で走り、発車間際の電車に駆け込む。あがった息が落ち着き、やっと窓の外に目を向ける余裕が出た途端、ふつふつと疑問が湧《わ》いた。

――俺、なんで寝ちまったんだ？

寝不足だったわけじゃない。あの時は確かに激しい行為の後で体が疲れてはいたが、着替えも済んでいたし、帰宅せねばと気がせいていたしで、眠気など感じる余裕はなかった。それなのに、なぜ？　なぜ急にソファで眠ってしまったんだ？　しかもカフェイン入りのコーヒーを飲んだのに……。

ハッとする。

そうだ、コーヒーだ。

コーヒーの中に、睡眠薬が仕込まれていたんだ。真奈は、少しでも智幸を引き留めたかったに違いない。

二時間もの間、同じ姿勢で智幸の寝顔を見つめていた真奈を思うと、気持ちが悪かった。睡眠薬で引き留めるという、実力行使も恐ろしい。

やはり真奈は危険な女なのだ。この先、どんどんエスカレートしてくるのではないか。いや、そうに違いない。

W不倫の末に殺された被害者。あの男だって、まさか自分が殺されるとは思いもしなかっただろう。あの男は、未来の俺なのかもしれない。

このままでは俺も、いつか殺されるんじゃないか――

電車の窓には、蒼白《そうはく》な自分の顔が映っている。それは泥沼にどっぷり首まで浸かっていることにやっと気付いた、哀れな男の顔だった。

真奈から着信があっても無視したかったが、会社に押しかけられたらと思うとむげにはできなかった。

もう真奈に対してのときめきは一切消え、ただ逃げることばかりを考えていた。会う約束をさせられ、行きたくないと思ってもその日は近づいてくる。

打開策を考えているうちに閃《ひらめ》いた。自分だって、真奈の弱みを握ればいいのだと。だから会った時、真奈に外の自販機までビールを買いに行かせ、その間に真奈のハンドバッグを漁《あさ》った。

個人情報が入っていそうな財布を持って行かせてしまった己の浅はかさを呪《のろ》いながらも、大急ぎで検《あらた》めていく。バッグの中はポーチやらお菓子、エコバッグや大きなキーホルダーなどでごちゃごちゃしていた。内ポケットにスマートフォンがあったのでロックを解除しようとしたが、無理だった。

スマホは諦めて、ポーチに手を伸ばす。開けた途端、智幸は息をのんだ。

スタンガン。

それから折りたたみナイフ。

なんだよ、これ……。

いやな汗が脇の下に滲《にじ》む。呆然《ほうぜん》としている間に、ドアがノックされた。

急いでポーチを閉じてバッグに戻す。何気ない風を装いつつドアを開けながらも、頭は真っ白になっていた。

もしも今日、俺がまた別れ話を切り出したら、殺すつもりだったんじゃないか……？

「キリンしかなかったけど、それで良かった？　わたしはチューハイにしちゃった」

真奈が笑顔で話しかけてくるが、智幸の耳には何ひとつ入ってこない。代わりに聞こえるのは、この言葉だけだった。

――愛を貫く為なら、女はどんなに危ないことだってできるのよ。


ふらふらと帰宅し、ソファに倒れ込んだ。

家はいつものように雑然としていたが、今ではもうそれすらも心地が良かった。

この生活でいい。食事を作ってもらえなくたって、家事をしてもらえなくたって、平穏無事な日々がありさえすればそれで充分なのだ。しかし真奈はいずれ、この生活をも侵食してくるだろう。

このまま会い続けていたら、いつか綾子の知るところとなる。そうすれば、智幸は無一文で放《ほう》り出《だ》されてしまう。だからといって真奈と別れようとすれば、何をされるかわからない。

どちらに転んでも、自分には破滅しかないのだ……。

智幸は、頭を抱えた。

もうおしまいだ。俺も地獄へ一直線なんだ。

いや……待てよ。

回避する方法が、たったひとつだけあるじゃないか。

一瞬頭に浮かんだ恐ろしい考えを、慌てて打ち消す。しかし考えれば考えるほど、やはりそれしかないように思えた。

これ以上、エスカレートする前に。

これ以上、追い詰められる前に。

いつか、自分が殺される前に。

——先に、殺すのだ。

その日から、いかに安全に真奈を殺すことができるか、それだけを考え始めた。

まず、場所。

都内では絶対に無理だ。屋内であろうと屋外であろうと人目や防犯カメラがあるし、それにすぐ死体が発見されることは必至だ。発見が早ければ早いほど、死亡推定時刻の割り出しは的確になり、証拠も採取しやすいということは、刑事もののドラマを観ていればわかる。よって、都会は候補から外した。

一方、田舎《いなか》なら……。都会よりは防犯カメラも少ないし、何よりひと気のないところもたくさんありそうだ。山から落下したり、川で溺《おぼ》れたりなど、事故に見せかけて殺すことができるのではないか。

そうとも。

事故に見せかけて殺す――これが一番安全だ。

そう心を決めた智幸は、早速真奈に電話をした。

「日帰りで、旅行に行かないか？」

さりげなさを装って、誘いをかける。ちゃんとそれらしい理由も考えてあった。

「いや、ほら、たまには誰の目も気にせず、堂々と真奈ちゃんと手をつないで外を歩いてみたくなってさ」

「嬉しい！」

案の定、真奈は声を弾ませた。

「真奈ちゃんは、どこか行きたいところある？」

本当は色々と調べて、候補は決めてあった。けれども真奈にも意見を聞いておくことで、思惑があることを悟られずに済む。

「どこでもいいわ、典幸さんと一緒にいられるなら」

「そう？　そういうことなら、埼玉の山はどうかな。ハイキングコースを登った先に、露天風呂があるらしいんだ。山奥の、まさに秘湯ってとこだね」

「まあ、素敵でしょうね。そこがいいわ。そこにしましょう」

よし、良い調子だ。

「ただ、ハイキングコースまで行くには車が便利なんだよね。でも実は俺、免許を持ってなくて――」

免許を持っていないのは本当だが、電車やバスなどを使って色々な人に見られるのを避けるためには、真奈の車で移動する必要があった。

「いいわ。わたしが車を出す。こう見えても優良ドライバーなのよ」

「そう？　それは助かるよ。いつがいい？」

「そうねぇ……朝早く出て夕方には帰ってくるわけだから、夫にも怪しまれないと思うし、いつでもいいわ」

「じゃあ、次の月曜日はどう？」

「いいわよ」

「わかってると思うけど、この旅行のことは誰にも言っちゃだめだよ」

「もちろんよ。じゃあね典幸さん。楽しみにしてる」

電話を切ると、智幸はふーっと大きく息を吐いた。携帯電話を握りしめていた手が、汗でヌルヌルしていた。

旅行当日は、自宅から歩いて一時間ほどの住宅街で待ち合わせた。ゆかりも何もないし、行ったこともなかった場所である。ただ単に地図やグーグルアースで調べて、監視カメラがなさそうな辺鄙《へんぴ》なところを選んだのだ。これから自分がすることを考えると、真奈の車に乗り込むところを誰かに目撃されるのは非常にマズい。

路肩に立って待っていると、真奈が白いセダンでやってきた。

「おはよう。今日は冷えるなあ」

当たり障りのないことを言いながら、ドアを開ける。

「まあ典幸さん、どうしてそんな格好してるの？」

運転席の真奈が、智幸のニット帽、伊達《だて》メガネ、大きなマスクに目を丸くする。

「うん、風邪気味でね」

そう答えたが、もちろん誰にも顔を見られないためである。季節的にこんな格好をしていても怪しまれないのはラッキーだった。

「体調が悪いから、後部座席で横になっていてもいいかな？」

助手席に座らないのは、刑事ドラマでよく見るNシステムという自動車ナンバー自動読取装置を避けるためだった。ナンバーと共に、運転席と助手席の搭乗者の画像も撮られるのだという。携帯電話のGPS機能が旅程の履歴を残すかもしれないので、電源も切っておいた。

「ええ、もちろんよ」

「なんだか悪いね」

わざとらしく咳込みながら、後部座席に乗り込んだ。

「風邪気味なら、露天風呂でたっぷり温まらなくちゃね」

真奈が艶《つや》めいた微笑を浮かべる。

今までなら男心が刺激されていただろうが、真奈の恐ろしさを知った今では恐怖しか感じなかった。

車を走らせること一時間半、山中のハイキングコース入口に到着した。駐車場に停《と》め、車から降り立つ。

「うーん、冷たいけど気持ちのいい風」

真奈は大きく両手を伸ばし、深呼吸している。智幸は、どれくらいの人間が周辺にいるのか、注意深く観察した。駐車場には、自分たち以外の車が一台あるのみ。電車やバスを乗り継いで来た人もいるだろうが、シーズン的に、そして平日ということもあり、人は多くはなさそうだ。

「行きましょ」

甘い声を出し、真奈が腕を絡ませてきた。

こんもりとした山に切り拓かれた一本道のハイキングコース。誰にも出くわさず、人の気配もしない。ただ木々のざわめきや、鳥の鳴き声が聞こえるだけだった。

「まあ、花が綺麗《きれい》ね」

「典幸さん、寒くない？」

「あら、今の何の鳥かしら」

夫婦のようにふるまえることが嬉しくて仕方がないのか、真奈はずっとはしゃいでいた。

コースの勾配《こうばい》はどんどん急になって、標高は高くなっていく。崖《がけ》の下には流れの激しい川。落ちればひとたまりもないだろう。コースの両側にはロープが張ってあるが、越えて崖に行くことは可能だ。

この辺りがいいか——

智幸は、ごくりと唾《つば》を飲み込んだ。

今なら誰もいない。押すのは一瞬だ。急いでこの場を離れて、何食わぬ顔をして電車で東京に戻ればいい。警察は停めっぱなしの車のナンバーから持ち主を割り出すだろうが、Nシステムの画像には智幸は写っていない。女性一人でハイキングにやって来て落下事故にあった——そう片づけられるだろう。

「ネットの情報だけど、あっちの崖の下に綺麗な花が咲いているらしいよ」

「本当？　行ってみましょう」

ロープを越えてコースから逸脱させることに成功し、どんどん崖の方へと近づいていく。

「あ、ほら、あそこだ」

智幸が崖の下を指さすと、真奈はカメラを片手に覗き込んだ。

「どこ？」

「もっとよく覗き込まないと見えないんじゃないかな」

もちろん、花なんてあるはずがない。が、真奈は岩に手を置いて体を支えつつ、体を前方に傾けた。

智幸の目の前には、真奈の後頭部がある。

ごくりと唾を飲んだ。

今だ。

今ここで、背中を押せば——

いざ両手をつき出そうとしたその瞬間、真奈の携帯が鳴った。智幸はびっくりして、慌てて手を引っ込めた。

真奈が体勢を直し、ポケットから携帯を出す。メールだったようで、さっと目を通すと再びポケットにしまった。

さあ、気を取り直してもう一度。

これを逃したら、もうチャンスはないぞ――

「あの」

突然、背後から声をかけられた。飛び上がらんばかりに驚いて振り向くと、ハイキングルックの老夫婦が、こちらにカメラを差し出している。

「シャッター押していただけませんか？」

呆然としている智幸の脇を、真奈がすり抜けてカメラを受け取った。

「もちろん構いませんよ。撮りますよー。はい、チーズ」

シャッターを押している真奈の後ろ姿が、遠いもののように思える。智幸の心臓がばくばくと荒れくるい、口がからからに干上がっていた。

危なかった――

あの時思い切ってしまっていたら、見られていたところだった。

「はいどうぞ。良いお写真、撮れましたよ」

真奈の声で我に返る。

「ありがとうございました。よろしければ、お二人もお撮りしましょうか？」

老婦人が、真奈が手首からストラップでぶら下げているデジカメに目を留めて言った。

「ええ是非。わたし、自撮りが下手で、なかなか主人とのツーショット写真が撮れなかったんです」

嬉しそうにカメラを手渡そうとする真奈を、慌てて止めた。

「いや、やめよう」

今日は失敗した。けれども今後、どうにかして真奈を始末する必要がある。いくらニット帽を深くかぶりマスクをしているからといって、写真など接点を示す証拠を残してはならない。

「え、どうして？」

「だって……急いでいらっしゃるかもしれないじゃないか」

「ちっとも急いでなんかいませんよ。ご遠慮なさらないでください」

老婦人が上品に笑い、

「そうそう。こちらも撮っていただいたんだし、お返しです」

と男性もにこやかに言う。

これ以上いやがるのは不自然か。老婦人にカメラを託している真奈を、智幸は諦めの気持ちで眺めた。

「はい、じゃあ笑って」

カメラを構える老婦人の前で、真奈は智幸の腰に手を回してしがみついてきた。

「お、おい」

反射的に体を離す。

「いいじゃない」

しかし真奈はさらにしがみついてくる。

「あらあら、やっぱり若いご夫婦はいいわね」

老夫婦が顔を見合わせて、くすくす笑う。

「主人ったら照れ屋なんですよー」

すっかり夫婦気取りの真奈が、カメラに向かって笑顔を作る。それを合図として、老婦人がシャッターを押した。智幸はマフラーに顔半分を埋めるようにして、なんとかやり過ごした。

「どうもありがとうございました。ではお気をつけて」

真奈はカメラを返してもらうと、去って行く老夫婦に手を振っている。老夫婦が充分離れたのを確認して、智幸は言った。

「その写真、消してくれないか」

「あら、どうして?」

「だって、その……まずいじゃないか」

「うふふ、やあね、大丈夫よ」

真奈はおかしそうに笑った。

「いや、だけどさ」

「このデジカメはわたしのので、主人は触らないの。だから平気」

「でも、あとあと残るものはやっぱりやめた方がいいと思うんだ。な？　お願いだ、消去してくれよ」

「いやよ。せっかくの思い出なのに」

上目遣いで智幸を見上げ、カメラを持った手を後ろに隠す。いらいらして、つい口調が荒くなった。

「貸せよ、俺が消すから」

智幸が手を回して奪おうとすると、じゃれていると思ったのか、真奈は体をくねらせた。

「んもう、照れ屋さんなんだから」

はしゃいだ真奈の態度が、ますます腹立たしい。

この女は、どうしてこんなに自分勝手なんだ。どうして空気を読まないんだ。

「照れてるんじゃないよ。だって旦那さんの目に触れる可能性はゼロじゃないんだぜ？」

「うちの夫のことは心配しなくて大丈夫だってば」

プチッと理性の糸が切れた。

「だから、誰もお前の心配なんてしてねーよ！　俺が困るって言ってんだよ‼」

真奈が驚いたように、智幸の顔を見上げた。

「お前、気味悪いんだよ。俺の本名を知ってたり、後を尾けてたりさ。どうせ住んでる場所も知ってんだろ？　やばい女をひっかけちまったって、すげー後悔してるよ。俺、どうやったらお前から逃げられるかって、毎日そればっか考えてるんだからな！」

言ってしまってから、しまった、と思う。真奈の表情からは微笑が消えていた。悲しそうではない。能面のように、ただ無表情だった。

また真奈の携帯が鳴った。無表情のまま真奈はポケットから取り出し、メールを読むとすぐにしまった。

「帰りましょう」

平坦な声で言い、真奈は来た道を戻り始めた。

「お、おい真奈ちゃん」

真奈は答えずどんどん進み、駐車場まで戻った。

東京に向かう車内でも、ずっと真奈は無言でハンドルを握っていた。

沈黙が不気味だった。真奈は何を考えているのだろう。まさか思いつめて、このままどこかへ車でダイブ……なんてことしないだろうな。

「ごめんよ、真奈ちゃん」

おそるおそる謝ってみるが、真奈はやはり答えず、ただ前を向いたままだった。

ひやひやしていたが、車はそのまま都心へと入り、待ち合わせと同じ場所に到着した。

真奈は路肩に寄せて駐車し、サイドブレーキを引く。

もう一度謝りかけて、思い直した。

怒っているなら、そのままでいいのではないか。そうだ、智幸に不満を感じ、幻滅してくれればいい。そうすればこのままフェイドアウトできるかもしれない――

智幸は周囲を見回して誰もいないことを確かめると、黙って車から降りた。ドアを閉めたとたん、車は急発進して走り去っていく。

よかった。

手を汚さなくて、本当によかった――

やっと重荷から解放された気分で、智幸はただ呆然と、小さくなってゆくテールランプを眺めていた。

そこから自宅まで、ひたすら歩いた。もう少しで家だ――と思いながら角を曲がった時、人だかりが目に入った。近づいていくにつれて、人々が智幸の家の前に集まっており、警察官らしき男二人が立っているのもわかった。しかもカメラを肩に担いだ男や、マイクを持ったレポーターらしき女性もちらほら交じっているではないか。

うちで何かあったのか……？

「ちょ、ちょっとすみません」

警察官に事情を訊《き》こうと、人波をかき分けて進んだ。その時、智幸の耳にとんでもないことが聞こえてきた。

「現場からお送りします。本日午前十時ごろ、東京都A市の住宅で、居住する棚田《たなだ》綾子さんが殺されているのを、隣に住む女性が発見しました。棚田さんはハンマーで殴打されており、警察は殺人事件とみて捜査をしています」

――なんだって？

妻が死んだ。

いや、殺された。

なぜだか真っ先に真奈が殺したのではと考えたが、そんなはずがないことは智幸自身が一番よく知っている。

「外部から侵入した形跡はなく、玄関のドアや窓は施錠されていたそうです。なお夫は外出しており連絡が取れず、警察は夫が事情を知っているものとして行方《ゆくえ》を捜しています――」

ちょっと待て。まさか俺が疑われているのか？　混乱する智幸の耳が、さらに衝撃的なことを捉《とら》えた。

「ええ、殺された奥さんとご主人は、しょっちゅう喧嘩をなさっていました。真夜中でも、よく怒鳴り声が聞こえてきてねえ。いつかこういうことが起こるんじゃないかって心配していたんですよ」

隣のおばさんが、得意げに他のカメラに向かって話していた。

血の気が引いていく。

真っ先に疑われるのは、動機だって充分な自分なのだ。しかも綾子は施錠された自宅で殺されており、自分は早朝から出かけていたという不運なめぐりあわせ。これではまるで、妻を殺した後に逃亡したみたいではないか。

絶望しかけて、はたと気が付く。——そうだ、俺のアリバイは証明可能じゃないか。

智幸は知っている顔に会わないよう、顔を伏せて人ごみから出る。走って家から離れ、ポケットから携帯電話を取り出し電源を入れた。指が震えて、なかなかボタンを押せない。何度か違うボタンを押してしまい、やっとのことで発信履歴から真奈にかける。

——もしもし?

「あ、真奈ちゃん?　実は大変なことになった。妻が……妻が殺されたんだ」

驚いているのか、真奈は無言だった。智幸はそのまま続ける。

「どうやら朝のうちに殺されたみたいなんだ。しかも自宅でさ、俺が疑われていてやばいんだよ。でも不幸中の幸いだ。俺は君と早朝に家を出て、山まで行って、そしてさっき帰って来たばかりなんだもんな。完璧なアリバイだよ。だから真奈ちゃん、俺と一緒にいたと証言してほしい。不倫はばれるけど、殺人容疑に比べたらマシだ」

——あの……。

「わかってる。ご主人に知られてしまうことを心配してるんだね？　どこまでプライバシーが守られるのかは正直わからない。だけどお願いだ。俺を助けると思って――」

――さっきから何のお話ですか？

突き放すような、冷たい声だった。

「なあ、頼むよ」

智幸は携帯電話にすがりつく。

「怒ってるんだね、俺があんなことを言ったから。悪いと思ってる、謝るよ。本心じゃなかった。だから――」

――全く意味がわかりません。

「ああなるほど、さっきの仕返しってわけ？　なあ、頼むからこんな時にやめてくれよ。それに、これは俺たちにとってチャンスだぜ。妻がいなくなれば遺産が入る。そして堂々と一緒になれる。な？」

――気持ちの悪い人ね。もう二度と電話してこないでください。

「え!?　ちょ、ちょっと待ってくれ、真奈――」

電話は切れた。無機質で無情な不通音が聞こえる。すぐにかけ直すが着信拒否をされたのか、おかけになった電話番号からはおつなぎできません、と自動音声が流れた。

どうしたらいいんだ。俺は真奈の名字も知らない。住んでいる場所も知らない。Ｎシステムにも写っていない。

アリバイを証明する手立てはない――

智幸は、気が遠くなっていくのを感じていた。

＊

智幸からの電話を、わたしは鼻で笑いながら切ってやった。

「ばっかみたい。わたしが本当にあんたなんて好きだと思ってんの？」

ハンズフリー用のイヤホンを耳から外し、くっくっと笑う。車のラジオからも、平和な住宅街で起こった悲劇が聞こえてくる。

『隣に住む女性が、棚田さん宅から聞こえる目覚まし時計が鳴りやまないので、何とかしてもらおうと訪ねたところ、カーテンの隙間から棚田さんが倒れているのが見えたということです』

それにしてもあの男、さんざんわたしの体をもてあそんで。思い出すだけでも腹だたしい。だけど全てうまく行ったのだから、良しとしなければ。

自宅に到着し、車庫に車を停める。往復三時間の運転で疲れた体を伸ばしながら、玄関を入った。

「おかえり、早苗《さなえ》」

ハイキングシューズを脱いでいると、夫がいそいそと出迎えにきた。

「お疲れさまだったね。問題はなかったかい？」

「大丈夫よ。そっちもうまく行ったみたいね。ニュースで聞いたけど、結局ハンマーで殴り殺したのね」

「うん。凶器を持ち込むより、もともと家にあるものの方が無難だと思って工具箱から拝借した。電気コードで首を絞めるのもアリかと思ったんだけど、時間がかかりそうだからね。引き出しの中身をぶちまけたり、軽く部屋も荒らしといた。夫が殺した後、焦って強盗を装ったと思われるのは確実だと思う」

「そうなの。あ～あ疲れた」

リビングのソファにわざと大げさに倒れ込むと、夫が両肩を揉《も》み始める。

「早苗のお陰で全てがうまく行った。今夜はお祝いのディナーへ連れて行ってあげるから」

「ディナーくらいじゃ、割に合わないわ」

「わかってるよ。本当にごめん。ちゃんとこれから埋め合わせはするから。ね？」

夫が背後から優しく抱きしめ、口づけてきた。そのぬくもりに身を任せながら、悔しいけど、やっぱりこの人を愛しているんだと思う。

そう、わたしは共犯者だった——最初から、夫の。

夫の磯村秀夫が教授を務める大学院のフランス文学研究室に、棚田綾子が院生として入ってきたのは半年前。誘われるままに夫は不倫関係に陥り、しばらく関係を続けた後、綾子が結婚を迫ってきた。

「智幸との関係は冷え切っているの。別れるから、教授も奥さんと離婚して、わたしと一緒になって。お願い!」

ほんの遊びのつもりだった夫が焦って別れを切り出すと、「強姦《ごうかん》されたと大学に訴えてやる」と脅された。しかもベッドで一緒に撮った写真のデータを切り札として持っている。

近頃の大学はセクハラ問題に非常に敏感だ。まして強姦となれば一大スキャンダルで、マスコミのやり玉にもあげられる。やっとつかんだ教授の座を追われ、これまでの著書や論文への評価にも影響は必至、今後は研究者としての道もたたれるだろう。

途方に暮れた夫は、土下座をして不倫の事実をわびた後、わたしに泣きついてきたのだ。結婚して五年。最愛の夫に裏切られていたことはショックだったが、状況を考えると悲嘆にくれてばかりではいられない。どうすればいいか、夫と一緒になって考えた。やはり、彼女が持っているという画像のデータを、こっそり探し出すしかないだろうという結論になった。

それには彼女の自宅に忍び込むことが必須になるが、学生課に届け出られている住所へ偵察に行ってみると、空き家になっていた。どうやら引っ越して、まだ新住所を届け出ていないらしい。大学から自宅までを尾行しようとしたが、彼女はいつもタクシーを使うので難しかった。

だからわたしが綾子の夫、智幸に近づくことになった。智幸の勤め先は、まだ綾子と夫の関係が泥沼化する前に、ピロートークで聞いたことがあったそうだ。調べてみると、会社は社員五名の小さなものだった。会社の前にあるカフェで終業時間に待ち伏せしていると、「棚田さん、お疲れさま」と声をかけられている男を発見した。

わたしは智幸の後をついて行った。バーに入ったので、わたしも入った。そして少し離れた席に座って、声をかけるタイミングを見計らっていたのだ。

わたしのミッションは、自宅の場所を知ること、そして合鍵《あいかぎ》を手に入れること。タイミングを見計らっているうちに智幸の方から声をかけてきてくれたのは、大いに好都合だった。

真奈という偽名を名乗り、ラブホテルへ行った。愛を貫く為なら、女はどんなに危ないことだってできる。体だって張れる。わたしは可愛らしい女性を演じ、ベッドで奉仕して油断させ、智幸がシャワーを浴びている間に、スーツのポケットに入っていた鍵の写真を撮った。

鍵はディンプルキーという、普通の鍵よりも安全性が高いとされているものだったが、実際は写真と特殊なソフトウェアがあれば３Ｄプリンターで複製できてしまう。そして次に会った時はこっそりと自宅まで尾行し、やっと住居を突き止めた。

合鍵を手に入れた夫は、綾子に自分の代わりに学会に出るように言いつけ、家に忍び込んで画像を探した。その間、わたしは智幸と会い、帰宅させないようにした。少しでも時間を稼ぐために、毎回引き留めるのには苦労した。智幸が暴力的な性癖を持っている場合に備えて、身を守るスタンガンなどを毎回持っていったが、その点は杞憂《きゆう》だったようである。

何度目かの侵入の末、やっと夫はデジカメとメモリーを見つけ、またパソコンに複製データがないことや、クラウド上にも保存されていないことを確認した。

これでやっと終わる――

わたしたちは喜んだ。

夫は綾子にあらためて別れを切り出し、証拠の画像はもう通用しないことを告げた。しかし綾子は今度は、大学院の教務課宛てに、強姦されたという旨の内容証明を送るとのたまったのだ。証拠があろうがなかろうが、そんなものが送られた時点で身の破滅である。

綾子が生きている限り、脅威はなくならないのだ。

一つに対策を講じても、別の手が繰り出されるだけ――

こうなっては綾子を始末するしかない、という結論に至った。好都合なことに智幸の方から日帰り旅行へ行こうと申し出があり、わたしはその案に飛びついた。

当日は、いつ夫が忍び込めるか、どれくらい殺害に時間がかかるかわからなかったのでヒヤヒヤしたが、崖のところにいた時にメールが来て殺害が完了したことを、次のメールで無事に現場から脱出したということを教えてもらい、安堵《あんど》して帰路についたのだった。

「んもう、二度と不倫なんてしちゃダメだからね」

唇をとがらせると、夫が再び口づけてくる。

「ごめんよ早苗、もう絶対にしない、約束する。さあ、美味しいものを食べに行こう」

「こんな土埃《つちぼこり》だらけの格好でディナーなんてイヤだなぁ」

「それなら先にデパートへ寄ろう。好きな服を買ってあげる」

「コートも欲しいわ。バッグも」

「ああ、いいとも」

夫はわたしの手を取り、ソファから立たせた。そのままガレージに行くまで手をつなぎながら、わたしは思わずにやりとしてしまう。主犯より、共犯者の方が立場は強い。共犯者は主犯の秘密と弱みを握るから。それこそが共犯関係の醍醐味《だいごみ》。だからこそ進んで夫に協力したのだ。今までは惚れた弱みでわたしの方が尽くすばかりだったが、今後は彼からもっと大事にしてもらえるだろう。

恭しく車のドアを開けてくれる夫の姿に、わたしの心はすみずみまで満たされる。夫との間に、決して切れない絆《きずな》ができた。わたしたちは永遠に、夫婦という名のパートナーズ・イン・クライム。この先、二度と離れることはない。

車がガレージを出て走り出す。車通りの多い道に出た時、わたしは窓を開けて携帯電話を放り投げた。〝真奈〟として使っていた携帯電話が、後続車のタイヤに踏まれて粉々になる。新宿の公園で売人から買った、足のつかない飛ばしの携帯。これにて真奈という女は完全に消滅した。

やっと、これから二人で平和に暮らせる。

わたしたちはミラー越しに微笑み合うと、互いに手を伸ばして強く握りしめた。

友井 羊

Forever Friends

友井《ともい》 羊《ひつじ》

1981年群馬県生まれ。2011年『僕はお父さんを訴えます』で第10回『このミステリーがすごい!』大賞優秀賞を受賞。ほか著書に「スープ屋しずくの謎解き朝ごはん」シリーズ、『スイーツレシピで謎解きを 推理が言えない少女と保健室の眠り姫』『魔法使いの願いごと』など。

数年前、両親の離婚のせいで転校していった女子がいた。夫婦が別れると子供を育てる権利をどちらかが持つことになるらしい。その女子の場合、母親が親権を手に入れた。結果、母親の地元へ引っ越すことになったのだ。

ずっと、友達でいようね。

その女子と一番仲が良かった女の子が言っていた。泣きながら抱きしめ合い、毎日メールしようねとか、テレビ電話もしようね、などと何度も誓い合っていた。

だけど親友だった女の子には今、別の親友がいる。毎日一緒にいて、お揃《そろ》いの双子コーデなどを楽しんでいる。転校をしていった女子の名前が話題に上ることはない。それは別にわるいことではなく、人間はそういう風にできているのだと思う。

1

笛の音が止まる。静かになってすぐ、甲高い音が響きはじめた。それに合わせて太鼓が鳴る。公民館の窓は開け放たれていて、隼《しゅん》は気づかれないよう覗《のぞ》きこんだ。

白いTシャツと短パン姿の女子が三人、両腕を水平に上げている。右手には長くて細い棒を持っていた。練習用で、本番では長い紐《ひも》のついた専用の神具になる。

三人の中に一花《いちか》がいて、真剣な表情で汗をかいていた。

女子たちはそのままの体勢をしばらく保ってから、棒を真横に滑らせた。一人の中学生くらいの女子の持つ手が小刻みに震え、棒が徐々に下りていく。

「ほら、腕が下がってる！」

白髪頭のおばさんが手を叩《たた》くと、女子が慌てて腕を上げた。そのすぐ横で、一花はぴんとした姿勢を続けている。エアコンがないせいか全身が汗だくで、シャツが肌に張りついていた。

笛がゆったりと奏でられる。一花たちは背筋を伸ばしたまま膝《ひざ》をつき、前方にお辞儀をした。台を持ち上げてから顔を上げた。膝立ちの姿勢のまま、身体《からだ》を真横に向ける。

後ろでひとまとめにした髪が揺れたその瞬間、一花と目が合った。一花はギョッとした表情を浮かべ、そのせいで他の二人に較《くら》べて次の動きが遅れてしまう。

「長谷川《はせがわ》さん、何をぼさっとしてるの！」

隼は顔を引っ込め、窓から離れる。急いで公民館の近くに停《と》めた自転車にまたがった。練習中だから追いかけてくる心配はないけど、全力でペダルを踏み込んだ。

隼と一花は六年二組のクラスメイトだ。それ以前も何回か同じクラスになっているが、五年生で同じクラスになって以来、妙に気が合って一緒に行動するようになった。

視界に入った一花の表情を思い出す。頬《ほお》を赤らめてから、力いっぱいにらみつけていた。きっと後で怒られるに違いない。

夏祭りは明日にせまっている。駅前を御輿《みこし》が練り歩き、出店に料理が並んで盛り上がるけれど、メインイベントは神社で行われる御神楽《おかぐら》だ。

豊穣《ほうじょう》の神様に舞を奉納するという歴史ある行事で、巫女《みこ》に扮《ふん》した十四歳以下の少女が神前で舞を披露する。その栄誉ある踊り手に今年、一花が選ばれたのだ。

みんなの前で踊るなんて恥ずかしいと、休みに入る前に一花は不満そうに唇を尖らせていた。稽古《けいこ》ばかりで、八月一週が終わった現在まで、隼は夏休み中に全く一花と遊べていない。

自転車で田んぼの合間にある農道を疾走する。田んぼには緑色の稲が生い茂っていた。速度が上がるのに合わせ、ギアを重くする。

気温の上がりきった午後の蒸し暑い空気が肌にまとわりつく。立ち漕《こ》ぎをして、さらにスピードを上げる。頬を撫《な》でる風が心地良い。雲は一つもなく、空は全部が水色だった。

泰伸《やすのぶ》の家のチャイムを押す。二台ある自動車がどちらもないので、両親ともに出かけているようだ。表札には四人分の名前があって、下の二つは馨《かおる》と泰伸と彫ってある。

「おっす」

「何でそんな恰好《かっこう》してんの？」

ドアを開けた泰伸は、しゃきっとしたポロシャツとカーゴパンツという服装だった。今日は泰伸の部屋で新作の対戦ゲームをやる予定だ。ネットで対戦できる人気ゲームだが、本体が泰伸の家にしかないのだ。

外出しないときの泰伸は、よれよれのシャツと短パンという薄汚れた姿のはずだ。アイドルに似た顔のおかげで女子のファンが多いが、部屋着を見れば絶対に幻滅するだろう。

「テレビが昨日から不調なんだ。ゲームはできそうにない」

「げえ、マジかよ」

スマホがあれば事前に連絡し合えるのに、隼は持っていない。中学に入れば考えると親から言われているけれど半信半疑である。泰伸はスマホを持っているし、親から旧型のタブレットも譲ってもらっている。

「仕方ないか。それじゃどうする？」

「本屋に行こうぜ。欲しい漫画が並んでるかもしれないし」

「おーけー」

泰伸が自分の自転車のチェーンキーを外す。カラフルなシティサイクルだ。その間、隼は泰伸の家の二階を見上げていた。窓に分厚いカーテンがかかっている。昼間なので部屋に明かりがついているかわからない。

「よっしゃ、行こうぜ」

泰伸は自転車にまたがり準備万端だ。背が高く、もうすぐ百七十センチに届こうとしていた。隼とは十センチ差だ。

自転車を漕ぎだし、二人並んで走り出した。農業用の水路に水が流れ、農家のおじいさんが草むしりをしている。速度が上がるにつれ、踏み込みが軽くなっていく。並んで走りながら泰伸に声をかける。

「馨姉ちゃんの調子はどうなんだ？」

突然、泰伸が速度を落とした。隼が軽くブレーキをかけると、すぐに追いついてきた。

「どうした」

泰伸が表情を歪《ゆが》めて、道路につばを吐き出した。

「最悪だ。蚊柱にぶつかった」

「うげえ」

夏になると小さな虫が柱のように群れを作る。自転車で走っていると、大群に顔がぶつかることがある。そうなると目や鼻、口に入り込んで最悪な気分になるのだ。数匹は身体の内側に入り込んでいる気さえする。

「姉貴は相変わらずだよ。今日も部屋にこもってる」

泰伸が表情を変えずに言った。

「そっか」

泰伸には馨という年の離れた姉がいる。干支《えと》が同じと言っていたから、現在は二十四歳のはずだ。

馨は地元の専門学校を卒業し、都会で働いていた。だけど突然会社を辞めて、少し前から実家に戻ってきた。勤め先での人間関係がうまくいかなかったらしい。馨は再就職せず、自宅で過ごす日々を送っている。

「馨姉ちゃんのオススメ映画、また紹介してくれよ。父さんも楽しみにしてるから」

都会で生活をしていたとき、単館系の映画館を巡るのが息抜きだったらしい。馨は田舎では上映しないようなマニアックな映画をたくさん知っていた。

隼は泰伸の家に遊びに行くうち、馨と顔を合わせるようになった。引きこもりみたいな生活をしていると聞いていたけれど、隼には気が弱そうなだけの普通の女性に見えた。小柄な童顔で、泰伸の姉だけあって整った顔立ちをしていた。

オススメの映画を一緒に観《み》たり、お喋《しゃべ》りすることで隼とも徐々に親しくなっていった。

小学六年生でも楽しめる作品を選んでくれるので、毎回楽しみにしていた。

ある日、隼は馨からＤＶＤを借りた。すると父さんが食いついた。隼の父さんは昔から映画好きだったらしい。それ以来、借りてくるＤＶＤを心待ちにするようになった。

DVDを貸してくれるお礼として、隼の両親が自宅に招いたこともある。馨は最初は緊張していたようだけど、だんだんと打ちとけて父さんと一緒に酒を飲み、隼の知らない映画の話題に花を咲かせていた。

だけど夏休みに入ったくらいから、家に行っても顔を合わせなくなった。部屋にこもり続けているらしい。家族には原因がわからず、泰伸の両親も見守っているそうなのだ。

本屋に行ったけれど、目当ての漫画は置いていなかった。都会から距離のある田舎だと、宣伝される発売日より遅れて入荷するのはいつも通りのことだ。

仕方ないので適当にぶらついていると、いつの間にか午後五時を過ぎていた。お腹《なか》が空きはじめていたので、夕飯のため家に戻ることにした。

辺りはまだまだ明るかった。隼の家までの帰り道は泰伸の自宅近くを通ることになる。自転車をのんびり漕いでいると、遠くに人影を発見した。

「一花じゃないか？」

「本当だ」

スポーツバッグを肩から提げ、一人で歩いている。自転車のベルを鳴らすと、一花が立ち止まって振り向いた。隼たちに気づいたようで駆け寄ってくる。自転車を停めると、近づいてきた一花が隼の脇腹に手刀を突き刺してきた。

くすぐったさと息が止まる感じがあって、隼は身をのけぞらせる。自転車がバランスを崩し、危うく転倒しそうになった。

「何すんだよ!」

自転車を支えながら文句を言うと、一花がにらんできた。

「さっき覗いた罰だ」

「う……」

事実なので反論できない。泰伸が不審そうな視線を向けてきた。咳払《せきばら》いをしてから体勢を立て直す。

「どこに行ってたの?」

一花からの質問に、隼と泰伸は互いに顔を見合わせた。

「別に。適当に遊んでただけだ」

自転車でふらふらして、コンビニで立ち読みをしたりゲーセンで格闘ゲームをしただけだ。あとはお喋りをしていたら、時間はあっという間に過ぎていった。思い返すと時間を無駄に使っただけのような気がしてくる。

一花がうらめしそうな視線を向けてきた。

「いいなあ。私もそんな夏休みを過ごしたいよ。御神楽のせいで私の夏休みは台無しなんだからね。一度も泳げてないし、打ち上げ花火とか旅行にさえ全然行けてないんだよ!」

毎日の稽古に追われる一花を気の毒に思う。だが泰伸は厳しい口調で一花に言った。

「引き受けたんだから真面目《まじめ》にやれって」

「でも、親が勝手に返事したんだし」

一花が頬を膨らませ、そっぽを向く。泰伸がわざとらしくため息をついた。

「ちゃんとすれば大抵のことはこなせるのに、すぐに気を抜くのがお前のわるい癖だぞ」

「うるさいなあ。ちゃんとやってるから！」

一花と泰伸は顔を合わせるたびに喧嘩《けんか》している。それなのに、よく一緒に行動している。幼稚園時代からの幼馴染《おさななじ》みだから、気心が知れているのだろう。

「一花は熱心に練習してたけど」

昼過ぎに見た光景を思い出す。最年少なのに、凜《りん》とした姿勢や動きのブレのなさは最も美しく感じられた。隼の言葉に、一花はにんまりと笑った。

「ほらほら、実際に見た人が言うんだから間違いないって」

「まあ、しっかりやれよ。俺も観に行くから」

泰伸は素っ気なく言うけれど、内心では楽しみにしているのかもしれない。

「それじゃ私はシャワーを浴びてくる。特訓続きで汗だくなんだ。それに夜にもまた練習があるしさ。こんな生活も明日までの辛抱だよ」

一花がくるりと背中を向け、家まで歩いていく。泰伸の自宅から百メートルも離れていない。遠ざかっていく一花の背中を、泰伸が険しい表情で見つめていた。不思議に思っていると、泰伸が口を開いた。

「そういえば一花のこと、聞いたか?」

「御神楽のことか?」

「それじゃない。まあ、噂《うわさ》だから本当かわからないんだけど。……一花のやつ、夏休み中に転校するらしいんだ」

「はっ?」

一花が家に入る前にこちらに顔を向けた。大きく手を振ってから敷地内に消える。隼は頬に浮かんだ汗を肩口でぬぐう。汗が口に入り、塩辛さを感じた。日が落ちかけているのに、辺りは蒸し暑いままだった。


テーブルに置いた皿に、父さんがフライパンから料理を移した。今日は父さんの当番だ。家族三人でいただきますと手を合わせ、焼肉のたれで炒めた豚肉に箸《はし》を伸ばす。

「ちょっと甘いわね」

「そうかな?」

母さんが卓上にあった一味唐辛子を皿に振りかけた。豚肉の表面が赤く染まる。父さんは気にせず辛くなった肉を口に運んでいた。

「宿題は進んでいるの?」

「算数のドリルを今日終わらせたよ」

答えると、母さんは小さくうなずく。父さんがのんびりと言った。

「隼はお母さんに似て、しっかりしているなあ。俺なんて最後の三日間で全部やっていたよ」

父さんの発言に、母さんがひとにらみした。それだけで父さんは黙ってしまう。

隼の父さんは祖父から継いだ不動産会社を営んでいる。いくつかアパートやマンションも所有していて、裕福ではないけれど生活に困らない程度の収入はあるらしい。

不動産を扱う商売だから、父さんの生活はこの町に根を張っている。生まれ育った土地ということもあり、地域の行事などには率先して顔を出していた。

母さんはプロのフォトグラファーだ。二十年前、母さんは御神楽の取材のためにこの町にやってきた。そこで祭りの案内役を務める父さんと出会ったのがきっかけで、二人は結婚することになった。

雑誌に写真を掲載し、年に何度か東京で展覧会も開いている。取材で家を離れることも多く、父さんか隼が家事を担うことも少なくない。仕事をする上では東京にいたほうが都合がいいらしい。でも父さんがこの土地を離れられないため、母さんが引っ越してきた。

母さんは出会いの場であるお祭りを大切にしている。だからお祭りの日は毎年欠かさずデートをすることになっていた。お昼くらいから街中を巡り、最後に御神楽にたどり着く。

祭りをのんびり楽しみながら二人きりの時間に浸るそうなのだ。そんな話を親から聞かされるのは少々照れくさいけれど、幸せなのはよいことである。

「明日のデート、楽しみにしているよ」

「そうね。一時はどうなるかと思ったけど」

含みのある言い方に、父さんは困ったように笑う。

先月、父さんと母さんは大喧嘩をした。父さんがネクタイピンを紛失したのが原因だ。何回目かの結婚記念日のプレゼントなのだが、持ち主である父さんより贈り主の母さんが気に入っていた。母さんが朝、家にいるときは、父さんのネクタイにつけてあげるのが恒例になっている。

先月の半ば、父さんはその大事なネクタイピンをなくした。会社の用事で外泊した日の翌日だった。それ以来母さんは不機嫌で、祭りのデートも中止になるかもしれなかった。

だけど二日前、ネクタイピンは突然リビングで見つかった。ソファの隙間《すきま》に落ちていたのだ。父さんも母さんも何度も捜した場所だったけど、見逃していたらしい。発見した途端、母さんの機嫌は元に戻った。

ごちそうさまを言った後、自分の部屋に戻る。時刻は夜の七時だった。窓を開けると蒸し暑い風が入ってくる。一花はまだ練習をしているのだろうか。耳を澄ましても御神楽の笛と太鼓の音は聞こえず、蛙《かえる》の大合唱ばかりが夜の闇《やみ》に響いていた。

翌朝、早起きしてラジオ体操に向かう。六年生でラジオ体操なんて恰好悪いけれど、母さんがうるさいので毎日出席していた。サンダル履きで、ジャージとシャツという服装であくびをしながら家を出る。早朝なのに日の当たるところはすでに暑かった。

ラジオ体操は近所の神社で行われている。下級生たちの面倒を見ながら適当にこなし、解散してから家路を進む。眠気をこらえながら歩いていると急に肩を叩かれた。驚いて振り向いたら、一花が片手を上げていた。

「おっす」

「何してんだよ」

ノースリーブのTシャツにデニムのショートパンツという服装から、白くて細い手足がそれぞれ伸びていた。表情に眠さは感じられず、しゃきっとしている。

「ラジオ体操をサボって朝の散歩。家に帰るのがだるくてさ」

「今日は踊り本番だろ。こんなとこにいていいのか？」

一花の住む地区のラジオ体操の会場は、そこそこ離れているはずだ。ずいぶんと余裕のある散歩だと思った。

「その御神楽が面倒なんだって。よくわかんない決まりがあってさ」

儀式の本番は夜の八時からになる。それまで祭りを楽しめるわけではなく、踊り手は神殿内に籠《こ》もらないといけないそうなのだ。儀式の前に世俗の穢《けが》れに触れてはいけないらしい。一花が深くため息をついた。

「最悪な夏休みだよ。練習ばかりで退屈だし、空いた時間も監視されて、ここぞとばかりに宿題をしろってうるさいし」

「大変なのも今日までだろ。明日から全力で遊びまくればいい」

「でも隼は明日からしばらく、おばさんの実家じゃん」

「え……」

うらみがましい視線を向けられる。母方の祖父母は隼を可愛《かわい》がってくれて、長期休暇になると会いたがる。そのため夏休みの二週間、東京にある母さんの実家で過ごすのが恒例になっていた。

一花は夏休み、隼と一緒にいたいと思ってくれているのだろうか。ふと、一花の髪が伸びていることに気づく。終業式以来、切っていないのかもしれない。

蟬《せみ》がミンミンと鳴いている。早朝の柔らかな陽射《ひざ》しから、真夏の強い光に変わりつつあった。今日もいつも通り暑くなりそうだ。

本当に転校なんてするのだろうか。聞こうと思った。だけど言葉は喉《のど》で止まり、それ以上出てきてくれなかった。その代わりに、隼は別のことを口走っていた。

「それなら今から遊びに行くか？」

一花がきょとんとした表情を浮かべた。隼の口から言葉があふれてくる。

「本番は夜からだろ。神社にいるだけなんだから、スタートまでに戻れば問題ないって」

変に早口になる自分を、気持ちわるく思う。話しながら、妙に現実感がなかった。

絶対に許されるわけがない。そんなことできないと、一花がそう返事するのを喋りながら想像していた。

だけど一花はにんまりと笑い、腕を伸ばしてきた。

「それ、最高だね」

手首にひんやりとした感触があった。一花が隼の手首をつかんだのだ。

きびすを返すと、シャンプーの香りが鼻先にただよった。一花が駆け出す。腕を引っ張られ、隼は転びそうになりながら追いかけた。

「本気かよ」

背中に呼びかける。髪の毛が跳ねるように揺れていた。住宅街を抜け、視界が開ける。よく知っている一面の田んぼの緑色がなぜか、きらきらと輝いているように見えた。

「誘ったのはそっちじゃん。今さら遅いって」

一花が振り向き、いたずらをするときみたいな笑みを浮かべた。

「隼も共犯だよ」

2

隼と一花はバスの最後尾で揺られていた。早朝の車内は客が他に誰《だれ》もいない。鼻唄《はなうた》を歌いながら窓の外を眺める一花に、隼が思い切って言った。

「……正直、金がないんだけど」

ラジオ体操のためだけに家を出たのだ。財布は持ってきていたが、中身は小銭数枚しかない。それさえも駅前までのバス料金で吹き飛んでしまう。

すると一花が自信満々な表情で尻《しり》ポケットから財布を取り出した。

「じゃじゃーん。資金なら気にしないで！」

一花の財布には茶色い札が何枚も入っていた。

「最近出歩いていないから、お小遣いが余りまくってるんだ。これだけあれば二人で豪遊できるよ。もちろん、後で返してよね」

「……返せるかな」

ゲームを買うための貯金箱はあるけれど、かき集めても二千円に満たないと思われた。

窓の向こうの景色が横に滑っていく。駅前に行くには普段、自転車か自動車を使う。バスは視点が高くて、見慣れた景色でも印象が変わって新鮮だった。

「それでどこへ行くんだ？」

「全然決めてない」

隼はため息をつく。誘った隼も同意した一花も、どちらも無計画だったようだ。

「そういえば映画館の無料チケットがあるけど」

「えっ、何それ」

隼は財布から二枚のチケットを取り出した。隼が住む町の隣にある市はそこそこ栄えていて、小さいながらシネコンではない映画館が生き残っていた。地方の映画館が続々と閉まるなか、地域密着型の経営は安定しているらしい。隼の町にも数年前に別館をオープンしていた。

「これ、どうしたの？」

「父さんがもらってきたんだ」

先日、父さんが隣の市にある映画館に行った際に手に入れたという。だけど父さんと母さんは互いに予定が合わなかったので、隼に回ってきたのだ。別館でも使えるし、期限は来年なのでそのうち行けばいいと思っていた。

隼の提案に一花は腕を組み、首をひねった。

「せっかく逃げ出したのに、映画じゃもったいないなあ。それはまた今度にしようよ」

一花が望まないなら行く意味はない。作戦会議をしていたら、駅前までの四十分はあっという間に過ぎた。

バス停で降りると、道路脇で屋台の組み立てをしている人たちが見えた。数時間もすれば駅前を御輿が練り歩くはずだ。

「ちょっと親に電話してくるわ」

「それならついでに朝ごはん買ってきてよ。私はそこの公園で待ってるから」

「おっけー」

一花が手渡してきた千円札を受け取ってから、隼は公衆電話を探した。昔はそこらじゅうに電話が設置してあったらしいけど、今は探し回らないと見つからない。

しばらくしてコンビニの店先に緑色の電話を発見した。歩いて向かっていると、野太い声が背後から聞こえた。

「あれ、沖原《おきはら》社長の息子さんか？」

振り向くと、あごひげの生えた青年がこちらを見ていた。紺色の甚平を着ている。

「おはようございます、井上《いのうえ》さん」

「こんな朝早くから祭りに来たのか。ずいぶんせっかちだな」

井上は父さんの知り合いだという建築会社の社長の息子さんだ。普段は父親の会社を手伝っていて、祭りになると御輿を担いだり屋台を手伝ったりしている。

「そういえば今年の御神楽、お前の同級生がやるんだろ。がんばれって伝えておいてくれよ。あ、でももうすぐ御籠もりだから無理か」

「そうですね」

まくしたてる井上に、隼は当たり障りのない返事をする。

「慈光通《じこうどお》りでフランクフルトを売るから買ってくれや。それじゃあな」

井上は慌ただしく去っていった。御神楽は思っている以上に地域にとって重要なのかもしれない。公衆電話に硬貨を入れてから自宅の番号を押す。電話はすぐに繫《つな》がった。

「ちょっと隼、あんたどこにいるの」

母さんの苛立《いらだ》った声に、全《すべ》てを暴露したい衝動に駆られる。今ならまだ怒られない。でも同時に、がっかりする一花の顔が脳裏に浮かんだ。

「友達と一緒に遊びに行くことにしたんだ」

後ろめたいけれど、決して嘘《うそ》をついてはいない。

「それならもっと早く報告しなさい」

いくつか小言を言った後、母さんが電話を切った。隼を疑う様子はなかった。

コンビニでペッドボトルのジュースと食べ物を購入し、公園のベンチに座っていた一花の元に戻る。隣に座って、二人の間におにぎりやサンドイッチを広げる。一花はツナのサンドイッチを手にとって、外装フィルムを外した。

「どうだった？」

「心配はなさそうだよ。父さんも母さんも、自分のことで忙しいから」

一花がサンドイッチを頰ばりながら訊《たず》ねた。

「隼のお父さんとお母さんって、今日デートなんだっけ」

隼は鮭《さけ》おにぎりを飲み込みながらうなずいた。

「毎年恒例だよ。昼前くらいからスタートかな」

「仲良くしてるなんて素敵だね。どんなコースを歩くわけ？」

「うーんと……」

両親がどんなコースを巡るかなんて、聞いても楽しくないだろうと思う。だけど何が面白いのか興味深そうにしている。仕方なく話すと、一花は真剣に耳を傾けていた。

一通り説明を聞き終えてから一花が立ち上がる。

「それじゃ私も電話をしてくるか」

一花はポケットからスマホを取り出した。持っているとは知らなかった。

「スマホがあるなら、貸してくれれば良かったのに」

夏休み前は持っていなかった。一緒に、泰伸をうらやんでいたのに。一花が持っているのは泰伸と同じ機種だ。一花はスマホを強く握った。

「買ってもらったばかりで使い方がよくわかんないんだ。それにスマホには個人情報がたくさん入ってるから、他人が触っちゃダメなんだよ」

手に入れたばかりなら、個人情報なんてほとんど入っていないはずだ。でも引っ越しや転校に関する情報が入っている可能性に思い当たり、何も言えなくなる。

一花は小走りで離れ、スマホを耳に当てた。会話の内容はわからない。それから隼の視線から逃げるように木陰に消える。戻ってきた一花は胸を張った。

「何とか説得できたよ。でも嘘をつくのは胸が痛いね」

全くわるいと思っていなそうな態度である。

「何とか時間稼ぎはできそうかな」

当初の予定では十時半に家を出て、十一時半くらいから神社に籠もることになっていたという。だから親には十時までには絶対に戻ると連絡したらしい。だけどその時間に家に戻るつもりはない。

「目的地は決めたのか？」

バスでの相談では結局決まらなかった。

「実はとっておきの場所があるんだ。そこに行こう。楽しんでもらえると思う」

「どこだよ」

「着くまで内緒」

「わかった。期待してるよ」

一花がにやりと笑う。きっと面白い場所に連れて行ってくれるはずだ。

そこでふと、泰伸の顔が思い浮かぶ。一花との時間は楽しくなるだろう。だからこそ、泰伸がいないのはもったいないと思った。

「なあ、泰伸を呼ぼうぜ。後から知ったら、誘えよって怒るだろうから」

隼の提案に、一花が顔を逸《そ》らす。

「あいつなんていなくていいよ」

「でも、いたほうが心強いだろ」

泰伸は頭の回転が速いから、問題が起きても解決策を見つけてくれるはずだ。一花は食べていたサンドイッチを飲み込んでから、力一杯首を横に振った。

「泰伸なんて無愛想で、自分勝手じゃん。ちょっと頭がいいくらいで私のことを馬鹿にしてくるし。そのくせ都合のいいときだけ頼りにしてきたりもするんだよ」

いがみあいはするけれど、結局は仲が良い幼馴染みだと思っていた。だからこそ一花の返事を意外に思う。一花が拗《す》ねるように唇を尖らせた。

「私と二人じゃダメ？」

サンドイッチのマヨネーズのせいなのか、一花の口元が艶《つや》やかに光っていた。隼は慌てて視線を逸らす。

「別に……、構わないけど」

一花がベンチから腰を勢いよく上げ、大きく伸びをした。

「それじゃ行こうか。何をぼさっとしてるの。夏はすぐに終わっちゃうんだよ」

「移動は電車とバスのどっちだ？　交通費もかかるんだろ。あんまりお小遣いをもらえないから、一気に全額返すのは難しいぞ」

「別におごりでもいいけど」

「そんなわけにいくか。お年玉まで待ってくれ。そうすれば一気に払うから」

その瞬間、一花の顔つきが強張《こわば》る。だけどすぐに、あきれたような表情になった。

「仕方ないなあ。来年の一月まで待ってやるから」

表情から動揺は消えていた。年明けの時、一花は近くにいるのだろうか。ざわつく気持ちを抑えつけ、必ずお金を返すと心の奥で誓った。

「さてと、その前にトイレに行ってくるね」

公園の出入口手前で、手洗いに消えていった。陽射しはすっかり昼の強さで、空気も蒸し暑くなっていた。時計塔の針は九時半を指していた。一花が帰ってきてから二人で公園を出る。

「それじゃ駅前のバス停に行こうか」

目的地は告げないままだけど、三番乗り場からバスに乗ればいいらしい。路上にある屋台はほとんど設置し終わっていて、料理の準備を進めているようだった。

交差点を曲がって真っ直ぐ進めばバスターミナルだ。スマホでの検索によれば、バスの出発は十五分後らしい。そこで背後から大きな声が聞こえた。

「おい、待て！」
振り向くと、甚平姿の井上が走って近づいてきていた。必死の形相を浮かべている。
「そこでじっとしてろ！」
「逃げよう」
一花に手首をつかまれ、強引に引っ張られる。隼は全力で駆け出した。
屋台の準備をする人たちの隙間をぬい、御輿の倉庫の前を走り抜ける。アニメキャラの
お面を抱えるおじさんと衝突しそうになり、とっさに避《よ》けた。おじさんはバランスを崩し、
お面が歩道にばらまかれる。
「ごめんなさい！」
叫びながら走る速度を上げる。井上はお面に道をさえぎられながらも、猛スピードで追
跡してくる。徐々に差を縮められていた。
「ダメだ。このままじゃ追いつかれる」
ラジオ体操のために履いてきたサンダルでは全速力を出せない。ふとももが悲鳴を上げ、
靴擦れのせいで足の裏が痛かった。しかも、目的地はバス停なのだ。乗り込むところを目
撃されたら逃げ場はなくなる。
「曲がるよ」
バスターミナルを目前にして、手前の交差点を右折した。すると小さな御輿が目に入り、

法被《はっぴ》を着た子供たちがたむろしていた。今から子供御輿が出発するようで、道がふさがれてしまう。

「あれ、隼くんじゃない。どうしたの？」

横を向くと屋台に知っている顔があった。駅前にある映画館の別館の副館長をしているお姉さんだ。三十代の半ばくらいで、馨や隼の父さん以上に映画に詳しかった。屋台はおしゃれなベーグルを売っている。普段、映画館で販売している品だった。

「ちょうどよかった！」

隼は一花の腕を引いて屋台の裏に潜り込んだ。

「どうしたの」

副館長は戸惑いの表情だが、無視して体育座りで身体を丸める。すると頭の上から「くそっ、どこに行った」という井上の声が聞こえた。

困惑顔の副館長に対し、一花と隼は揃《そろ》って口に人差し指を当てる。事情を察してくれたのか、副館長は素知らぬ顔を取りつくろった。

そのままの体勢でじっとしている。しばらくして、副館長が声をかけてきた。

「もう大丈夫だよ」

こわごわと顔を出すと、井上の姿は見えなかった。隼たちを捜すため、どこかに去っていったらしい。お尻のほこりを払い、副館長に頭を下げた。

「ありがとうございます。助かりました」

副館長が愉快そうに口の端を持ち上げた。

「どういたしまして。あなたたちって逃亡者なの？　カップルで逃げ回るなんて素敵ね」

「別にカップルなんかじゃ」

「そうなんですよ。いやあ、照れますね」

隼の言葉を遮って、一花が冗談めかして肯定する。

「それは大変そうね」

含み笑いをする副館長は、一花の顔を知らないようだ。御神楽の踊り手であることも気づかれていない。

「でも、あまり危ないことはしちゃダメだよ。それと保護者にはしっかり無事を伝えること。馨ちゃんみたいに何も言わずに行方をくらましたら、心配をかけちゃうからね」

「どういうことですか？」

突然出てきた馨の名前に、隼は面食らう。馨は映画館の常連で、副館長とも親しそうにしていた。副館長が困ったように答える。

「てっきり知っていると思ってた。馨ちゃん、一昨日《おととい》くらいにふらっと自宅を出たまま帰っていないみたいなんだ。親御さんも心配していて、私のところにも連絡があったの。今は連絡だけはあったようだけど、顔を見せていないみたい」

馨が家を出たなんて全く知らなかった。泰伸も教えてくれなかった。すると一花に脇腹を肘で押された。出発時間が迫っているのだろう。

「そろそろ行きますね。映画館にも近いうちに顔を出します。無料チケットもあるし」

「無料チケットなんてあるの？　ちょっと見せてもらっていいかな」

急がないといけないのはわかっているけれど、断れずにチケットを差し出す。副館長は珍しそうに眺めた。

「珍しいわね。うちってほとんど無料券を出さないの。あ、この日付は台風の日のやつか」

「台風ですか？」

チケットには有効期限が書いてある。来年の西暦が書かれていて、丸一年が有効期限みたいだった。つまり書いてある日付の一年前が、発行された日になる。

「先月、すごい嵐《あらし》があったじゃない。そのときに停電して本館のレイトショーが上映不可能になったの。そのときにいたお客さんに一枚ずつ配ったチケットだと思う」

先月の嵐なら覚えている。母さんは写真展の準備で東京にいて、父さんも仕事の都合で帰宅は明け方だった。隼は自宅で一人、窓の外から聞こえる風雨の音を聴いていた。

「ほら、早くしないと」

一花に腕を引っ張られる。副館長にもう一度感謝を伝えてから、隼たちは周囲を気にしながら走り出した。

三番乗り場にバスはすでに停車していて、乗り込んですぐドアが閉まった。バス独特の臭いが車内にこもっていて、三分の一ほどが乗客で埋まっている。二人席に座ると、汗ばんだ一花の腕と肌が触れ合った。

「あっ、やばい」

発車してすぐ一花が声を上げた。後頭部をつかまれ、無理やり身をかがまされる。横目に必死の形相の井上が見えた。辺りをキョロキョロした後、バスの進行方向とは逆に駆け出す。

「やったね」

顔を上げてから、一花が得意げな表情を浮かべる。井上の顔を思い出すと、自然とおかしさがこみあげてきた。声を抑えながら、隼たちは車内で笑い合った。

3

乗り込んだバスは、隼が知らない路線を進む。途中のバス停で降りても、何があるかさえわからない。車内の路線図を確認すると、終点は隣の県との境目だった。

「これ、本当に大丈夫なんだろうな」

「着いてのお楽しみだよ」

市街地を抜けると田畑ばかりになる。訪れたことのない風景に、今さらながら緊張してきた。窓越しでも陽射しは強い。ブラインドを下ろすと陽光は和らぎ、外の景色も見えなくなった。

「馨姉ちゃんが行方不明って、どういうことなのかな。一花は知ってたか？」

「単に遊んでいるだけじゃないかな。かおちゃんだって二十歳を超えた大人なんだし、周りが騒ぐことじゃないよ」

素っ気なく言う一花を冷たく感じた。馨と一花は幼い頃から面識がある。普段ならもっと親身になるはずだ。自分の逃亡のことで余裕がないのかもしれない。

「実は三日前に馨姉ちゃんに会ったんだ」

「そうなの？」

一花が顔を急に近づけてくる。先ほどは興味なさそうだったのに、やはり心配なのだろうか。馨が行方知れずになったのは一昨日らしいから、三日前なら家を出る前日だ。

「家にいたら突然遊びに来たんだ。俺しかいなかったから、ちょっと話したら帰っていったよ。少しテンションが高い気もしたけど、別に様子がおかしいとは思わなかったな」

「何を話したの？」

「えっと、映画とか祭りのことだよ。ずっと観たかった映画を逃したとかで残念がっていたな。冒頭だけは観られたらしいけど、めったに上映しないし、ソフト化もしてないんだってさ。タイトルは何だっけかな……」

題名を聞いたはずだけど思い出せない。すると一花が身を乗り出してきた。

「祭りのことも聞かれたの？」

「家族で過ごすのかって聞かれたよ。両親は恒例のデートだから、俺は適当に遊ぶって答えたけど。ラブラブだねって茶化されて居心地が悪かったな。やっぱり女って恋バナに興味あるのか？　一花みたいにデートコースも聞いてきたし」

クラスの女子たちも最近はどこの中学の先輩が恰好良いとか、話題のファッションとか、そんな話ばかりしている。

「隼の両親、仲良いからなあ」

気の強い母さんの尻に父さんが敷かれているだけに見えるけれど、おしどり夫婦というのが世間の評価のようだ。

「そうは言っても、家では喧嘩ばかりだよ」

「ああ、前に話していた離婚騒動のこと？」

思い出しただけで疲れた気持ちになり、隼は肩を落とす。

「あれは本当に参ったよ」

一年くらい前、父さんの会社に事務のおばさんが入社してきた。年齢は父さんと同い年くらいらしい。そのおばさんが何と、父さんに言い寄ってきたらしいのだ。

父さんは呑気《のんき》な性格で、そのおばさんの好意に気づかなかった。そのため仕事上の相談があるという誘いを受け、おばさんと何度か一緒に食事をしたらしい。

そして父さんがそんな女性と二人で食事に行ったという噂が、母さんの耳に入ることになる。

母さんは激怒し、隼は何も聞かされないまま東京の実家に連れて行かれてしまう。離婚も考えていると母さんに言われ、頭が真っ白になったことを覚えている。

父さんはすぐに母さんの実家にやってきて、平謝りで説明をしていた。誤解は何とか解け、週明けには隼は自宅に戻れることになった。問題のおばさんは居づらくなったのか、退職願を提出して会社からいなくなったという。

「喧嘩は仲が良い証拠だよ。本気で相手を信じていた分、裏切られたと知ったら余計に悲しいんじゃないかな。隼のおばさんはそれだけ、おじさんのことが好きなんだ」

「そういうもんかな」

窓から見える景色に木々が増えてきた。葉は濃い緑色をしている。乗客は徐々に減っていき、隼たちだけになった。バスは上り坂を進んでいく。

一時間半後、山中で一花が車内のボタンを押した。ぴんぽーんという音がして、車内中のボタンが赤く光る。バスは寂れた小屋の前で停まる。

「本当にここで降りるのか？」

「ほら、ぐずぐずしないで急ぐよ」

道路に降りる。右を見ても左を見ても集落らしき影はなく、なぜここにバス停を設置したのか理解できない。バス停の標識は錆《さび》が浮いていた。二車線の道路には狭い歩道しかなく、ガードレールの先は急斜面になっている。その先は深い森が続いていた。

「さて、ここから歩くよ」

「マジかよ」

二十メートルほど進むと舗装された脇道があった。曲がってから進むとちらほらと民家があったが、人影はほとんどない。

空気が澄んでいて、深呼吸をすると清々《すがすが》しさが肺に満ちた気がする。だけど夏の昼前の陽光は容赦なく降り注ぎ、歩くだけで体力を奪っていった。

道はどんどん狭くなり、とうとう舗装さえされなくなった。高い木々が太陽を隠し、薄暗くなっていた。過ごしやすい分、じめじめしていて虫が増えている。雑草が足首をくすぐり、石ころがサンダルの裏に当たった。

「これ、遭難しないよな」

「任せておいて」

一花は軽やかな足取りだ。

「ていうか、いつまで歩くんだよ」

「いいから黙って歩け！」

目的地がわからない行程は距離以上に長く感じる。十五分くらい歩いただろうか。急に気温が下がったような気がした。

「着いた！」

一花が走りはじめ、隼は疲れた足を動かして後を追う。木々の合間の先に、光の当たる場所があるのがわかった。

突然、視界が開ける。まず、大きな泉が目に入った。遠目でも水が透明なことがわかる。泉の先には見上げるような崖《がけ》があり、水面《みなも》を日陰にしていた。泉からは小川が延びていた。

「すごい……」

泉は小学校の教室三つ分くらいはありそうだ。泉の周囲は不思議と木々は生えておらず、苔《こけ》の生えた岩場が広がっていた。泉を中心に、小さな公園くらいの面積があった。

一花が慎重な足取りで、滑らないように泉に近づいていく。しゃがんでから両手で泉の水をすくい、口に当てた。隼も岩場を進む。苔のせいで転びそうになるが必死に耐える。

「隼も飲んでみなよ」

しゃがみこみ、両手で水をすくって飲む。冷たさが喉を通る。変な味が全くせず、身体に染み込んでいくような感覚があった。

「うまい」

「そうでしょう」

得意げに言う一花のシャツが、手のひらからこぼれた水で濡《ぬ》れている。いつの間にか疲れなんて吹き飛んでいた。鳥のさえずりが響き、空気は涼やかだった。泉には魚らしき姿もなく、底まで透き通っている。

「どこでこんな場所を知ったんだ？」

「お父さんと一昨年、隣の山でキャンプをしたんだ。その帰りに寄ったの。友達の実家がこの近所にあって、昔からの秘密の場所なんだって」

そのとき自然には不釣り合いな振動音が聞こえた。一花がポケットからスマホを取り出す。何かの着信があったらしい。こんな山奥にも電波が届くようだ。スマホを操作し、険しい表情を浮かべた。

「どうしたんだ？」

「どこにいるんだっていう怒りのメールだよ」

時刻は十一時を過ぎたくらいだろうか。隼の親も一花の親も血眼になって捜しているはずだ。一花はスマホを石の上に置いてから、靴を脱いで足先で水に触れた。

「そんなことより、気持ちいいよ」

隼もサンダルを脱いでから足の指を水面につける。ひんやりとしていて、そのまま足を水の底につけた。足首まで水に浸《つ》かる。陽射しは強く、水の冷たさが心地良かった。

「最高だな。水着を買ってくればよかった」

「別になくてもいいじゃん」

「えっ？」

横を向くと、一花も水の中に立っていた。そこから一歩ずつ進んでいく。足首からふくらはぎまで、どんどん水に沈んでいく。

「おい、一花」

ショートパンツが浸かったところで、一花が泉に飛び込んだ。水中を泳ぐ姿が波紋越しに見える。滑らかに泳ぎ、数メートル先で顔を出した。

一花の濡れた髪の毛が光を反射した。ノースリーブのシャツが身体にぴったり張りついている。気持ちよさそうに笑いながら一花が手招きをした。

「こっちへおいでよ」

隼は迷ってから、Tシャツを脱ぎ捨てた。

「ええい！」

腰まで水に入り、下着まで完全にびしょ濡れになる。そこで水に潜り、一花を目指して水中でバタ足をした。泉の中はずっと先まで見通せるくらい、透き通っていた。一花は足がつかないくらい深いところで、足を動かしながら浮かんでいる。

隼は少し離れた場所で顔を出す。大きく息をした直後、突然顔に水がかかった。

一花が水をかけてきたのだ。楽しそうにしながら、さらに両手で水を弾《はじ》いてくる。隼も応戦し、水飛沫《みずしぶき》が二人の間を行き交った。

「何すんだ！」

ひとしきり水をかけあってから、一花が提案してきた。

「ねえ、どっちが息が続くか競争しない？」

「望むところだ」

カウントダウンしてから、一斉に水に潜る。水中で目を開けると、一花が頬を膨らませていた。足がつかないくらい深い場所で、二人して手足を動かす。波が光を屈折させて、ゆらゆらと一花を照らした。

底には石が転がり、魚は一匹も泳いでいない。水中は青色に染められていた。

自分でも理由はわからないけれど、隼はなぜか腕を伸ばしていた。すると一花も同じように腕を差し出してきた。

揺らめく水の中で、二人は手をつなぐ。指先は水の温度と変わらなくて、柔らかい感触が伝わった。

一花の顔に視線を向ける。すると一花は黒目を寄せて、あごを突きだしていた。いきなりの変顔に、肺の空気を一気に吹き出してしまう。慌てて水面に上がり、息を吸い込む。咳き込んでいると、一花が顔を出してきた。

「私の勝ちだね」

「ふざけんな！」

怒りに任せて、両手で思い切り水をかけた。だけど予想していたらしく、一花は水中に潜ることで逃げた。

「今のなしだ。やり直せ！」

隼は必死に怒っているふりをした。水中の一花に見惚《みと》れてしまったことを認めたくなかったのだ。

遊び続けていると、いつの間にか太陽の角度が変わっていた。泉に光が降り注ぐ。空は雲一つなく、蟬の鳴き声が森に響いている。

水辺に円形の台みたいな岩場があった。平べったい石で水切りをしてから、並んで寝そべる。岩場は陽射しが適度に熱してくれていて、冷え切った身体を温めてくれた。

「最高だな」

「そうだね」

深く息を吐いてから横を向くと、すぐ近くに一花の顔があった。目を閉じていて、髪の毛から滴が岩場に落ちた。水に濡れたシャツとショートパンツが身体にぴったり張りついている。本当に引っ越すのか？　聞かなくちゃいけないと思った。一花のいない毎日なんて絶対に嫌だと心が叫んでいた。

「あのさ」

口を開いた直後、大声が響いた。聞き慣れた声に、慌てて上体を起こす。

森から飛び出してきたのは隼の父さんだった。隣に一花の両親や隼の母さんまで揃っていた。なぜ、ここがわかったのだろう。戸惑っていると一花がゆっくり立ち上がった。

「ばれちゃったね」

一花を見上げる。逆光になっていて、隼は目を細めた。一花が両手を上げて大きく伸びをして、それから隼に顔を向ける。影になっているせいで表情はよくわからなかった。

「次に会えるの、二学期かな」

その直後、一花が父親に腕をつかまれた。無理やり引っ張られるけれど、抵抗する素振りも見せずついていく。

隼は父さんにげんこつを食らい、母さんから平手打ちをされた。目がちかちかして、気がついたときには、両親に付き添われた一花が森に消えていくところだった。

名前を叫ぼうかと思ったけれど、何も言えなかった。急に陽射しが弱くなる。巨大な入道雲が太陽を隠していた。父さんと母さんが隼を怒鳴りつける声が、ずっと遠くにあるように感じられた。

連行されながら森を抜けると、未舗装の砂利道に見慣れた車があった。着替える暇もなく押し込まれ、車が発進する。一花たちは先に出発したのだろう。自動車のデジタル時計は午後一時と表示していた。

「あんたのせいでデートの予定が狂ったじゃない！」

わかっていたけれど、面と向かって叱《しか》られると申し訳ない気持ちでいっぱいになる。両親はデートを返上して街中を捜し回っていたらしい。二人とも地域との繋がりを大事にしているから、捜す以外に選択肢はなかったのだろう。

自宅に到着してから、謹慎を言い渡された。両親は夕方から祭りを楽しむため出かけていった。帰ってくるのは毎年夜中なので、隼は早めに寝ることにした。

夜九時に布団に入って、目を閉じる。しばらくすると、まぶたの裏に御神楽が浮かんだ。一花が緋袴《ひばかま》の巫女服に、金色の冠をかぶっている。神具を持ち、そこから伸びた長い紐を片手に載せていた。

太鼓と笛の音に合わせ、ゆっくりとその場を回る。神具が揺れるたび、鈴の音が柔らかく響く。踊っているのは一花だけだ。隼は目を離せない。

すぐに異変に気づく。一花の姿が徐々に薄くなっていくのだ。呼びかけながら走るけど、どれだけ足を動かしても前に進めない。

一花が隼に顔を向ける。正座をしてお辞儀をすると、太鼓の音が大きく鳴った。姿が消えた瞬間、目覚める。夢だとわかるまで時間がかかった。時計は夜中の二時を指していて、隼は全身に汗をかいていた。

翌日は本来、朝一番で新幹線に乗る予定だった。だけど両親に連れられ、偉い人への謝罪に連れて行かれた。こっぴどく叱られるかと思ったけれど、神社の宮司さんは大らかな態度で許してくれた。

一花は無事に役目を果たしたらしい。踊り手が逃げ出すなんて前代未聞だったようだけど、代役を準備していなかったこともあり、結局一花しかいなかったのだ。晴れ姿を見られなかったのは残念だと思った。

午後になって両親と母方の実家に向かった。在来線と新幹線、地下鉄などを乗り継ぎ、辺りが暗くなった頃に目的地にたどり着く。祖父母は満面の笑みと豪華な料理で孫を迎えてくれた。

一花にスマホへの連絡方法を聞いておくのを忘れていた。一花の家の電話番号はわかっているのに、ボタンを押す気にはなれなかった。

父さんは先に帰り、後は母さんと祖父母とで過ごすことになる。一花との逃走劇も、当然のように話題に上った。特に祖父が愉快そうに掘り下げてきた。

「男子たるもの、そのくらいの度胸がないといかんぞ」

「変なことを言わないで。どれだけ歴史ある行事だと思っているの」

母さんは不満そうだが、一段落した問題だからか深刻な様子ではなかった。

「十時前に一花ちゃんと隼が逃げ出したって知らされて、どれだけ驚いたと思ったの。もしも御神楽に間に合わなかったりしたら、近所に顔向けできなくなるわよ」

「誰から連絡があったの？」

隼が訊ねる。知らずに真顔になっていたらしく、母さんが戸惑いの表情を浮かべた。

「それはもちろん、一花ちゃんの御両親からだけど……」

「一花の両親は、どうやって知ったの？」

「私も気になって聞いたのだけど、情報源は言わないように頼まれているみたいなの」

母さんの話を聞きながら、疑問が胸に芽生えた。だけど整理がつかないまま、祖父母の家で甘やかされながら過ごす。祖父母の家はインターネットが使えるので、気になっていたことも自由に調べることができた。

考える時間は、いくらでもあった。

八月が終わる一週間前、自宅に戻る。一花の家に行くこともできたけど、やっぱり足は動かない。誰にも連絡をせず、自宅で宿題に明け暮れた。

一度、息抜きのために外出した際に泰伸と書店でばったり出くわした。

「よお、ひさしぶり」

「帰ってきてたんだな」

泰伸は新作の漫画を手にして、レジに向かった。一緒に店を出て、のんびりしたペースで自転車を漕ぐ。八月も終わるのに、陽射しは相変わらず強かった。

「馨姉ちゃんが行方不明だったらしいな。あれから大丈夫だったのか?」

泰伸は気まずそうに視線を逸らした。

「隼の耳にも届いてたのか。ふらりと旅行に出かけたらしいんだ。最近たまに突然外泊することもあったし、別に騒ぐことでもないんだけどな。数日で帰ってきて、今は相変わらず部屋にこもってるよ。心配してくれてありがとう」

祭りの前日、隼が訪ねた時点で家にいなかったはずだ。だけど泰伸は家にいると答えた。嘘をついたのは、騒ぎにさせないためだったのだろうか。

「なあ、俺に言うことはないか?」

「別に、ないけど」

分かれ道に差しかかり、隼は家へと続く道路を進んでいった。近所に住んでいるなら一花の現在を知っているはずだ。だけど泰伸は何も語らなかった。田んぼの稲は二週間前よりも長く伸び、緑色も濃さを増していた。

九月一日はあっという間にやってきた。

気温が急に下がり、秋みたいな空気だった。空を灰色の雲が覆っている。だけど明日からまた夏日に戻るらしい。宿題をランドセルに詰め込み、下級生と一緒に通学路を歩く。

小学校に到着して、四階まで階段を上る。おはようではなく、ひさしぶりという挨拶《あいさつ》が行き交っていた。教室の前で立ち止まり深呼吸する。

ドアを開けるとざわめきがあふれてきた。一ヶ月半ぶりの再会をクラスメイトたちが満喫しているようだ。

一学期終了時の一花の席に目をやる。隼の視線に気づき、気軽な調子で手を上げる。

「おっす、おはよう」

一花は、普段通り登校していた。

女子が黄色い声を上げ、隼と一花に近づいてくる。夏休みに隼と一花が逃避行を繰り広げた噂がどこかから広まっていたらしい。女子たちに囲まれ、根掘り葉掘り質問される。適当に誤魔化していたら担任がやってきた。泰伸は退屈そうに隼たちをながめていた。

始業式が終わった。教室で短いホームルームをしてから、クラスメイトたちはいきおいよく教室を出て行った。隼は一花と泰伸に一緒に帰ろうと声をかける。

三人で並んで下校する。気温は上がらず、半袖《はんそで》では寒いくらいだった。石ころを蹴《け》ると、転がって用水路に落下した。泰伸と一花は夏休みの宿題のどれが難しかったとか、工作の出来映えなどの話をしていた。

隼は二人の話を黙って聞いていた。しばらく歩いてから、口を開く。

「ずっと考えていたんだ」

一花は不思議そうに首を傾げた。泰伸は反応せず、黙々と歩いている。隼は走り出し、二人の前におどり出た。振り向いて、正面から立ちふさがる。

一花と泰伸が立ち止まる。隼は深呼吸をしてから、二人に告げた。

「本当なら、夏休みに転校をするのは、俺だったんじゃないか？」

4

細い農道をトラックが轟音《ごうおん》を立てて近づいてきた。本来なら通ってはいけないはずだ。慌てて道の端に寄る。それでも恐怖を感じたのか、一花があぜ道に飛び移る。通過してからもアスファルトの道に戻ろうとしなかった。

「井上さんが俺を追いかけてきたこと、そして俺と一花が逃げたことを親たちが知ったタイミングは、どう考えてもおかしかったんだ」

午前十時前の時点では、本来なら逃走を知られていないはずだ。だけど井上や隼の両親は、一花の両親を通じて連絡を受けていた。その一花の両親は誰かから情報を得ていた。

情報源の人物は一花の両親に自分の名を明かさないよう頼み、一花の両親は秘密を守った。なぜなのかを考えた。真っ先に浮かんだのは、一人の少年だった。家が近く、もしも名前が知られたら子供同士の友情に亀裂《きれつ》が入ると一花の両親は考えた。だから名前を明かさないという約束を守ったのだ。

隼は目の前にいる人物を指さす。

「俺たちの逃走を一花の両親に知らせたのは、泰伸だろ？」

人差し指を向けられ、泰伸はびっくりしたような顔を浮かべた。

「どうして俺が、そんなことするんだ。逃げ出したことは、後からうちの親に聞いたけどな。俺がどうやって当日に知ることができるんだ？」

「一花が伝えたんだ」

逃走中、一花はスマホを操作していた。あれは泰伸と連絡を取り合っていたのだ。泰伸はあきれるように肩をすくめた。

「一花が逃げたことを教えてくれたのに、俺が親にチクったわけか。でもそれなら一花は、すぐに誰の仕業かわかるはずだ。そんな最低なことをしたら、絶交されてもいいくらいだろう。でもこいつは全然怒ってないぜ」

あぜ道の上で一花もうなずいた。でも表情から落ち着きがなくなっている気がした。多分、一花のほうが嘘をつけない性格なのだろう。

「それも俺は疑問だった。でもこう考えれば説明がつく」

隼は二人の顔を交互に見ていく。

「お前らは共犯だったんだろ。あの日の逃走劇は、最初から仕組まれていたんだ」

今から考えれば、当日の早朝に何となく散歩をしていた一花と偶然会うなんて出来すぎている。一花から会いに来たと考えるのが自然だ。

「意味わかんねえよ。何でそんなことをする必要があるんだ？」

泰伸の表情から徐々に余裕が消えていく。一花は不安そうな顔で黙り込んでいた。全く暑くないのに、隼は背中にびっしょり汗をかいていた。

「父さんと母さんに、俺を捜しに行かせるためだ」

それこそが泰伸の目的だった。泰伸の表情が凍りつき、隼は自分の考えが正解だったと確信する。

「夏休みの間中、ずっと考えてた。そしたら関係ないことまで、だんだん気になってきた。まずは父さんがもらった映画の無料チケットだ」

泰伸と一花は不思議そうな表情を浮かべた。隼はかまわずに話を続ける。

父さんはほとんど配られないという映画館の無料チケットを持っていた。別館の副館長の説明では、先月の台風の夜、レイトショーで停電になった際に配布されたものだった。

副館長は配られたのが一人一枚だと話していた。だけど父さんは二枚持っていた。つまりそのとき、他の誰かと一緒にいて、譲ってもらったと考えられた。

「ネットで当日の上映スケジュールを検索したんだ。少し手こずったけど何とか発見したら、見覚えのあるタイトルだった。前に馨姉ちゃんが見逃したと言っていた映画だ」

馨は映画館で作品の冒頭だけ観たと話していた。つまり上映中に何らかの理由で中断されたのだ。台風での中断である可能性が高いように思えた。

「二人は同じ映画館にいたんだ。そして父さんはその日、家に帰ってこなかった。馨姉ちゃんも最近、外泊が増えていたんだろう？」

明確な証拠とは言えない。でも隼の疑惑は膨らんでいった。

「少し前に父さんがネクタイピンをなくしたんだ。そのせいで母さんが不機嫌になったけど、しばらくしてリビングで発見された。捜し漏れだと思ったけど、今考えれば見つかったのは馨姉ちゃんが我が家に突然来た直後のことなんだ」

父さんも母さんも、ネクタイピンを発見した場所は何度も捜したと言っていた。誰かが後から持ち運んできたのなら、後から出てきたのも納得できる。誰の仕業かと考えた場合、発見の直前に家に来た馨の可能性が最も高い。

確証があるわけじゃない。でもレイトショーで一緒にいて、その夜に父さんがよそに泊まったこと。ネクタイピンを外すような場に居合わせたり、こっそり返すなどといった状況を並べると、隼はある悲しい想像をしてしまう。絞り出すようにして、隼は言った。

「父さんは、馨姉ちゃんと浮気をしたんだ」

「証拠なんてどこにもないだろ！」

泰伸が大声で叫ぶ。だけど焦り切った様子は、泰伸が嘘をついているという疑いを深めるだけだった。泰伸は隼をにらんだまま黙り込む。反論を考えているのだろう。だけどその前に一花が口を開いた。

「……ごめん」

「おい、一花！」

泰伸が怒鳴るけれど、一花は首を横に振った。

「やっぱり嘘をつくなんて、いけなかったんだ。もう全部話そうよ」

悔しそうに唇を噛み、泰伸がそれから深々とため息をつく。

「わかったよ」

そのとき、下校途中の下級生が隼たちの横を走り過ぎていった。楽しそうにはしゃいだ声を上げ、無邪気に笑い合っている。黄色いカバーのついたランドセルが遠ざかってから、泰伸が淡々とした口調で真相を話しはじめた。


馨が自宅から姿を消したのは祭りの前々日のことだった。今までも一晩くらいの外泊はあった。だけど翌日になっても帰ってこないことははじめてだったという。心配した両親は連絡をしたが、行方はわからなかった。メールの返信だけはあったため、捜索願を出すこともできなかった。

泰伸は数日前から様子がおかしいと思っていたらしい。そこで馨の部屋に入り、パソコンの電源を勝手に入れた。姉がスマホやパソコンで同一のパスワードを使っていることは以前から知っていた。試しに入力するとログインできたそうだ。

「ブラウザの履歴を調べたら、姉貴はおじさんとの不倫について日記に書いていた。ＳＮＳで、一部の人しか読めないように設定してあった。過去の日記をチェックしたけど、姉貴だと特定できる情報はなかったから安心してくれ」

父さんの浮気についてなんて聞きたくないけど、耳を傾けるしかない。辛《つら》いのは話している泰伸も一緒なのだ。

日記によればレイトショーで鉢合わせして、嵐で映画が中断した日から関係がはじまったらしい。だがそれ以前から馨は、父さんに想《おも》いを寄せていたと書いてあったそうだ。

最初の過ちを、馨も父さんも後悔した。だからこそ馨は無料チケットを譲り、父さんに二度と近づかないようにと考えた。だけど結局、二人の関係はその後もしばらく続いたという。

二人は話し合い、関係を終わらせることに決めた。だけど連絡を絶った後、馨の精神状態は不安定になっていったという。

「姉貴はおじさんにかなり依存していたみたいでさ。日記の終盤はだんだん思い詰めていて、読み進めるのが正直しんどかった」

父さんは馨からの電話もメールも全て、拒否に設定していたらしい。

「姉貴も相当悩んでいたみたいなんだ。出来心で持ち帰ったネクタイピンを何度も返そうとしてたけれど、踏ん切りがつかなかったらしい。でもやっぱり返さなきゃって思って、隼のいるときに訪問して置いてきたんだ。でもそこで隼から夫婦でのデートについて聞かされて、嫉妬心《しっとしん》を抑えられなくなったみたいだ」

無自覚に話した事柄が、知らないうちに馨を追い詰める一因になっていたのだ。最後に書かれた日記には、父さんと母さんに全てを打ち明けると書いてあったという。

泰伸が長いため息をついてから、苦しそうにつぶやいた。

「浮気がばれたら隼の両親は即離婚だろう？」

「そうなると思う」

母さんなら裏切られたと知った直後に家を出るだろう。フォトグラファーとしての収入もあるし、仕事をする上でも東京にある実家のほうが便利なくらいなのだ。

親権は母親のほうが取りやすいから、隼は転校になるはずだ。祭りの時点で発覚すれば、手続きも充分間に合う。夏休み明けの教室から、隼の姿が消えることもあり得たのだ。

「馨姉ちゃんは父さんたちのデートコースを知っていた。だから途中で待ち伏せて、全てを暴露するつもりだったんじゃないか？」

「お前の言う通りだよ。日記にはデート中の二人に話すって書いてあったんだ」

それこそが泰伸と一花が計画を実行した理由だった。父さんたちと馨を会わせないことが最大の目的だったのだ。

泰伸は一花に協力を求めた。ずっと黙っていた一花が口を開く。

「泰伸から相談されて、本当にびっくりしたんだ。隼を転校させたくない気持ちは私も同じだった。だから計画を手伝うことにしたの」

それが祭りの日の逃走劇だった。当初は一花が隼を誘い出し、タイミングを見計らって泰伸が密告して騒ぎを大きくするという作戦だった。

泰伸は事前に一花の転校を仄《ほの》めかしていた。あれは誘いを断りにくくするためだったのだ。だけど間抜けなことに、隼から誘い出すことになった。

御神楽の踊り手を息子が連れ回していると知れば、隼の両親は捜索を手伝わざるを得なくなる。効率を考えれば夫婦が一緒に行動することも考えにくい。

「本当ならバスに乗ってから泰伸に合図する予定だったの。だけどもう出発するからって油断して、早めに連絡しちゃったんだ」

一花の声は弱々しく震えていた。スマホは泰伸の私物だった。同じ機種なのは当然だったのだ。泰伸はタブレット端末を持って、フリーのＷｉ－Ｆｉが使えるコンビニの前で待機していたそうだ。

「連絡を受けて、俺は一花の親に報告した。そこからの展開は予想以上に早かった。あっという間に町中にいる人たちにも伝わったみたいだな。だから隼たちは知り合いに追われる羽目になったんだ」

事前に井上に顔を見られていたのも不運だった。連絡を受けた井上は隼が付近にいることを知っていた。だからすぐに発見されたのだ。

一花は隼からデートコースについての情報を聞き出していた。泰仲が情報を聞き出そうとしなかったのは、男子が話題にしたら不自然だと考えたのかもしれない。一花は泰仲に両親のデートコースの情報を伝えた。その順路をたどって、泰仲は馨を捜した。

「昼くらいに無事に姉貴を発見したよ。抵抗されると思ったけど、案外素直に言うことを聞いてくれた。姉貴も誰かに止めてほしかったんだと思う」

馨を発見した時刻は、隼たちが泉に到着した頃らしい。あのときのスマホへの着信は、泰仲からの報告だったのだろう。泰仲はすぐに一花の両親に隼たちが泉にいることを伝えた。家族で訪れたことがあるため、一花の両親が先導して大急ぎで駆けつけた。

そして二人は捕まり、一花は御神楽に間に合った。隼がげんこつを食らい、自宅謹慎になっただけで全ては解決したはずだった。

鼻先に冷たさを感じた。小さな雨粒だったけれど、続けて降ることはなかった。見上げると雲はますます厚くなり、空気も冷えはじめている。予報では降水確率五十パーセントくらいだったけれど、本格的に降り出す予感がした。

「馨姉ちゃんはどうしてる?」

質問すると、泰仲は力なく笑った。

「相変わらず引きこもってるよ。不倫のことは親も知らないし、姉貴も誰にも言うつもりはない。あのときは追い詰められ過ぎて変になっていたと姉貴は話していたよ」

計画は隼の転校を阻止するためだった。だけど同時に、やけを起こした姉を守る目的もあったはずだ。

はなをすする音が聞こえた。一花が泣き出したのだ。

「騙してごめんなさい。でも隼がいなくなるなんて絶対に嫌だった」

「お前が泣くことじゃない。全部俺が立てた計画だから、責任は俺にあるんだ」

一花の両目から大粒の涙がこぼれ落ちる。その背中を、泰伸が優しい手つきでさすった。

隼は目を閉じて、大きく息を吸った。雨の匂《にお》いが濃くなっている。目を開けて、一歩踏み出す。すると泰伸が険しい声音で呼びかけてきた。

「これから、どうするんだ」

「決まってるだろ」

泰伸が悔しそうに唇を噛んだ。

「どうしてもダメか」

隼はうなずく。隼の家だけの問題ではない。泰伸の家でも大騒動になるはずだ。だけど真実を知った以上、隠したままになんてできない。それは母さんを裏切ることになるのだ。

本音を言うと、一度泰伸を殴ってやりたかった。

泰伸は、一花の頼みを隼が断れないとわかった上で計画を立てたのだろう。それは隼自身が自覚していなかった感情だ。今回の件で隼は一花への気持ちを思い知ることになった。そして泰伸にも多分、気づいていないことがある。

一花がしゃくり上げている。隼に転校してほしくないと思ってくれている。だからこそ御神楽を台無しにする危険を冒してまで計画に協力したのだ。

でも一花は泰伸の頼みだから実行したのだ。隼がいなくなることで、泰伸が悲しむ姿を見たくなかったのだ。

一花の気持ちに泰伸は気づいていない。おそらく一花も自覚できていない。それがわかるのはきっと、一花に想いを寄せる外野の人間だけなのだと思う。

地面にぽつぽつと小さな染みが生まれる。本降りまで時間はなさそうだ。

自宅の方角に目を向けると、雲が黒くなっていた。きっと家に近づくにつれて雨は激しくなっていくはずだ。

二人を置いて走り出す。背中越しに一花の声が聞こえた。ランドセルの中で少ない荷物が、かしゃかしゃと音を立てる。つがいで飛ぶトンボが、夏の終わりを告げていた。

似鳥鶏

美しき余命

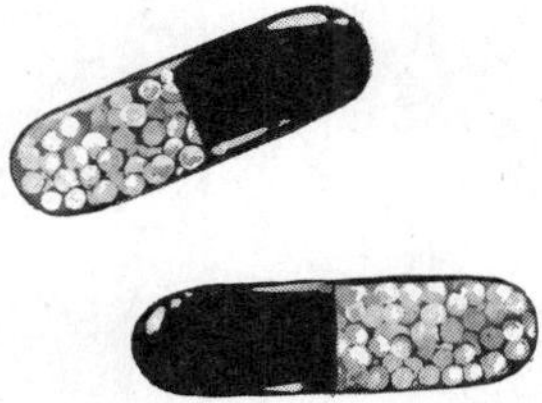

似鳥《にたどり》 鶏《けい》

1981年千葉県生まれ。2006年『理由あって冬に出る』で第16回鮎川哲也賞佳作に入選。同作品を含む「市立高校」シリーズのほか、「戦力外捜査官」「楓ヶ丘動物園」各シリーズ、『彼女の色に届くまで』『100億人のヨリコさん』など著書多数。

秋庭《あきば》優子《ゆうこ》

天使のような子でした。

普通の子供よりずっと儚《はかな》い命しか与えられていない。それにもかかわらず、いつもにこにこと笑っている子でした。その笑顔が私たちを気遣ってのものだということも、私はなんとなく分かっていました。優しいだけじゃなく、とても強い子でした。神様はどうしてあんな子にあんな過酷な運命を与えたのかと、納得のいかない時期もありましたが、今ではこう思っています。

神様はきっと、乗り越えられる人間にしか試練を与えないのです。あの子ならきっと乗り越えられる。とても短い人生でも、自分らしく立派に生きることができる。神様はそう信じたから、あの子にこのような人生を与えたのでしょう。

私たちはあの子のことを忘れません。あの子は私たちの救い主ですし、私たちが今ここにこうしていられるのはあの子のおかげです。私がこうして生きる今日は、死んだあの子が生きたいと願った明日なんだ。そう胸に刻んで今日を生きよう。私は毎朝、自分にそう誓っています。

路上の水たまりで二羽のスズメが水浴びをしている。立ち止まってそれを見ながら、鳥って本当に水浴びが好きなんだなあ、と感心していた。スズメは雨の中でも平気な顔でちゆいちゅい鳴き、小さな水たまりを分けあうようにして交互に飛び込み、羽を震わせて夢中でぱちゃぱちゃ水を撥《は》ね上げている。表情は分からないが、嬉《うれ》しくてしょうがないようだ。僕たち人間は少し雨が降るとすぐ傘をさすし、うちの猫も風呂《ふろ》は大嫌いだし、昨年連れていってもらったアルパカ牧場でも、雨が降りだすと馬もポニーもアルパカも、みんな嫌そうに寝小屋の軒先に固まっていた。でも、よく考えてみれば、晴れが「いい天気」で雨が「嫌な天気」だと誰が決めたのだろうか。鳥たちはこんなに喜んでいるし、植物だって、雨が降ると嬉しそうに滴を弾《はじ》けさせ葉を揺らす。そのことを知ってから僕は、雨の日も好きになった。晴れの日も曇りの日もそれぞれに好きだけど、雨の日だってこんなに綺《き》麗《れい》なのだ。嫌な日だと決めつけて、よく見ないのはもったいない。

まだ水浴びを続けているスズメに背を向け、家に向かって歩き出す。遅くなると優子おばさんに心配をかけるから、と早足になりかけた瞬間、爪先《つまさき》が地面に引っかかり、バランスを崩した。転ぶ、と頭では分かったのだが脚が出ず、仕方なく膝《ひざ》から崩れて地面に両手をつく。傘を落として四つん這《ば》いになってしまったが、顔面とか肘《ひじ》とか肩から倒れるよりはましだったかもしれない。

溜《た》め息《いき》をついてから傘を拾い、もっと濡《ぬ》れないうちにとさし直す。家はもうすぐそこだ。門扉を開けて玄関のドアノブを引く。普段は優子おばさんが几帳面《きちょうめん》に鍵《かぎ》をかけているのだが、僕が帰る時間はだいたい一緒なので、その頃になると鍵を開けていてくれる。そのため僕はここ数ヶ月、バッグにしまった家の鍵を使ったことがない。細かいことだが、帰りを歓迎されている気がして嬉しかった。

ただいま、とリビングに向けてはっきり言う。最近、声が小さくなってきた気がするので、挨拶《あいさつ》は意識してはっきり発声するように心がけている。いつも通り、エプロンをしたおばさんがすぐに出てきて、おかえりなさい、と笑った後、僕の制服が濡れているのを見て目を見開いた。「幸《こう》ちゃん、どうしたの、それ？　濡れているじゃない」

「ちょっと転びました。大丈夫です」僕は傘を巻きながら自分の全身を見て、どこにも怪《け》我《が》をしていないことを確認する。血が出たりしていたらおばさんはひどく心配するので、家に着く前に確認しておくべきだった、と反省した。「雨、まだ止《や》まないみたいです」

「濡れただけ？　痛いところはない？」

おばさんは僕がはいと頷《うなず》くと、ぱたぱたとスリッパを鳴らして洗面所からバスタオルを出してきてくれる。僕はそれを受け取ろうとしたが、おばさんは僕を抱き寄せて頭から順に拭《ふ》いてくれた。

中学二年生にもなって「母親」にこんなふうに扱われている男子などいないと思う。だが僕は拒否しなかった。僕も五、六歳までは産みの母親にこうして扱われていた記憶があるし、この家でお世話になるようになったのは二年ほど前からだから、優子おばさんにとっての僕は二歳なのかもしれないと思う。何より、こうして大事にしてもらっているのに、拒んでがっかりさせるようなことはしたくなかった。

「お腹《なか》空いた。夕飯、何ですか？」

「今日は『幸ちゃんの日』でしょ？」優子おばさんは得意げに微笑《ほほえ》む。「チーズインハンバーグ、温玉カレー！　しかもシーザーサラダ付き」

「やった」

水曜日は「僕の日」だから予想はついていたけど、僕はガッツポーズをする。大好物だし、これは本当に嬉しい。階段から足音が下りてきて、従姉《いとこ》のひより姉さんが手すり越しにひょい、と顔を出す。「幸ちゃんお帰り。えっ何、転んだの？　大丈夫？」

一つ上の三年生だが、ひより姉さんは美人だ。心配そうに眉《まゆ》をひそめる顔もやっぱり綺麗だと思う。「大丈夫。よそ見しててマンホールにつまずいた」

秋庭家には毎週水曜に「僕の日」がある一方で「ひより姉さんの日」はない。そのことを彼女がどう思っているのかは分からないが、不満に思っている様子が全くないどころか、部活がない日は優子おばさんと一緒に料理をしていてくれたりする。姉さんはもう「好きなおかずが出る」で喜ぶ年齢でないだけかもしれないけど、大部分はやっぱり純粋に好意と優しさなのだろうなと思う。

僕は秋庭家で大事にしてもらっている。とても。

理由は考えるまでもないことだった。一つは父と母と弟が酔っぱらいの車に潰《つぶ》されて内臓ぐちゃぐちゃで死んだからだし、もう一つは僕が中学三年生にならないからだ。

二年と五ヶ月前。僕が小学五年生の時、僕の家族は消滅した。

そういえば父と母の享年はよく知らないが、弟は二年生でまだ八歳だった。旅行から帰る途中の夜、交通事故に遭った。酔っぱらった外国人の女が運転する車がセンターラインを越えてきて、正面衝突したのだ。事故の時のことは断片的にしか覚えていない。ぶつかるはずのない対向車線から、なぜかヘッドライトがまっすぐこちらに向かってきて、どうしてだろうと思った時には激しい衝撃で意識を失っていた。うちの車はぶつかられた衝撃で車線を越え、後続車にもぶつかられたらしく、運転席と助手席にいた両親、それに僕の右隣にいた弟が死んだ。ぶつかってきた女の方はなぜか死ななかった。僕も重傷だったが、腕と背中に傷跡が残るだけで生き延びた。はずだった。

だが、入院している間の検査で、僕の体にはひどい病気が発症していることが分かった。

ケストナー症候群。運動神経が機能しなくなる難病の一種で、生まれつきの人がほとんどだが、脊椎《せきつい》に怪我をした時もごく稀《まれ》に発症するのだそうだ。運動神経から筋肉への電気信号が伝わらなくなり、動かなくなった筋肉が急速に死んでいく。

この病気の変わっているところは、それまでほとんど何の症状もないのに、急性期が来たら一気に筋力が低下し始めることだった。急性期は前触れもなく突然来て、多くの場合、まず転びやすくなったりふらつきが目立つようになる。それから普通に歩くのが辛《つら》くなり、指先の細かい作業ができなくなり、じきに立つこともできなくなる。それから一週間程度で食べ物を嚙《か》めなくなり、呼吸をすることが困難になり、最後は心臓の筋肉も動かなくなって死ぬ。急性期が来てからここまで長くても三ヶ月。現時点で治療法の全くない不治の病だった。できることといえばせいぜい毎週病院に行って、血液検査でＣＰＫという数値を測り、急性期が来ていないか確認するくらいであるらしい。確認したところで何かできるわけではなく、気休め程度に症状の進行を遅らせる「かもしれない」薬で対症療法をするくらいしかないのだから、たいした意味はなかった。そして急性期は、最も遅くても発症から三年以内に確実に来る。

つまり、僕は十一歳の時点で、三年以内に死ぬ人間になったのだった。

僕も、孤児になった僕を引き取ってくれた秋庭家の三人も、そのことは知っている。最初はショックだったけど、退院して半年も経《た》つ頃には、「父と母と弟は即死だったのだし、そんなものなのかもしれない」と諦《あきら》めがついた。というより、秋庭家の人たちがあまりに悲しそうな顔で僕を見るので、僕本人が「たいして気にしていない」という顔をしていないと申し訳なさすぎるのだった。たぶん今でも、たとえば僕が「死にたくない」と一言でも言ったら、優子おばさんとひより姉さんは泣きだしてしまうだろう。正義《まさよし》おじさんも泣くかもしれない。それは申し訳ない。よその子供である僕を育ててくれて、お金と時間がかかって暗い気分になるだけの裁判なんかも全部やってくれて、何の義務もないのに負担ばかりかけて、その上泣かせるわけにはいかなかった。

だから僕は、大急ぎで納得したのだった。僕は中学二年で死ぬ。それはもうとっくの昔に決定済みの、仕方ないこと。僕の果たすべきミッションは、なるべく幸せそうにしていて、悲愴《ひそう》にならずにあっさり死ぬことだと思う。できればそのついでに、二年前「男の子が欲しかった」「弟が欲しかった」と言ってくれた秋庭家の三人に、楽しい思い出の一つでも残せたらいい。

元の家と違って、秋庭家では必ず食後に「ごちそうさまでした」と手を合わせる。僕はそうしろと言われたことはなかったけど、もちろん唱和する。今日の夕飯は正義おじさんも一緒だった。おじさんが早く帰る日は大抵ハーゲンダッツを買ってきてくれるので、今日の夕飯は特製カレーと合わせてフルコースだった。せっかく買ってきてくれたものだから僕は食卓で食べた方がいいと思ったが、僕がバニラを選ぶと、ひより姉さんは僕の腕を摑《つか》んで「ゲームやろう」と誘い、クッキー&クリームを取ってぱっと立ち上がった。姉さんはこうやって動物みたいに、好きな食べ物を部屋に持ち込む癖がある。おばさんも「ここで食べればいいのに」と言ったが、おじさんは「あっ、クッキー&クリームをとられたか」とおどけるだけで許してくれる。

姉さんと一緒にリビングを出て階段を上る。正直、素早く階段を上るのは最近きつくなってきたのだが、姉さんはむしろ僕を二階に上がらせたがるようになった気がする。いつも先に階段を上がり、僕が上ってくるのを振り返って見ていてくれるから、さりげなく運動をさせて筋力を鍛えようとしてくれているのかもしれないなどと思う。そんなことで進行を遅らせられる病気でないことは彼女も分かっているはずなのに。

おじさんやおばさんより一緒にいる時間が長いせいか、僕の状態を一番よく観察してくれているのが姉さんだった。そしてたぶん彼女が一番恐れている。病気三年目になってそろそろ余命がゼロになる僕に、急性期が来ることを。

姉さんと並んでテレビの前に座りながらそう思う。細かいところでなんとなく分かるのだ。たとえば今こうしてやっているゲームだって、それまで格闘ゲームをやっていたのが、最近はパズルゲームばかりになった。格闘ゲームの方が素早くて細かい操作が必要になり、指の動きの衰えが見つかりやすいからだ。階段は上らせるのに、一方ではそうなのだ。彼女自身、葛藤《かっとう》しているのかもしれないと思うと申し訳なくなる。

勝った方は相手のアイス一口ね、と一人でルールを決めて、姉さんはさっさとスタートボタンを押す。心の準備をするにはあまりに短い間隔で画面に「READY」「GO！」の文字が現れる。僕はあまり喋《しゃべ》らない方だが、姉さんはゲーム中賑《にぎ》やかだ。いや、勉強中と寝ている時以外はだいたい賑やかである。爽快《そうかい》で可愛《かわい》らしいBGMの中、僕と姉さんの操る二頭身のキャラクターがグラスの中にパフェの材料を積み上げていく。秋庭家に来る時に持ってきたこのゲーム機はもう五年前に出た古い機種だが、これがなければ姉さんと一緒に過ごす時間もだいぶ少なかったはずだと思う。とりあえず、「二人でやること」が何かあるのが大事なのだ。一瞬、集中が切れて、気がつくと僕のキャラクターは姉さんのキャラクターにショルダータックルをされてキウイフルーツを奪われていたが、動いた姉さんの肩が当たってはっとし、また意識がゲームに戻る。

「はい、勝ち！」

僕がぼけっとしているうちに先にパフェを完成させた姉さんがガッツポーズする。溶け始めたバニラを姉さんの方に押しやったが、姉さんはスプーンを取らずに目を閉じて口を開けた。僕が食べさせるのか。スプーンでアイスをすくうが、直接手が触れないとはいえ彼女の口の中に触れるのはどきどきした。こんなこと、していいんだろうかと思う。

昔から、ひより姉さんは親戚中で評判の美少女だった。他に歳《とし》の近い親戚がいないせいもあって気さくに話しかけてくれたし遊んでもくれたが、僕はいつも憧《あこが》れの目で見上げていた。彼女の友人からちらりと聞いたことがあるのだが、秋庭ひよりは学校でも目立つ存在で、二年生の時から何度も男子に告白されているとのことだった。誇張はあるのかもしれないけど、彼女はクラスのアイドル的存在だという。勉強も運動も普通な僕が、そんな人と一緒に暮らしているのである。しかも彼女は僕を避けたりせず、あっちこっちに連れ回してくれる。どうせもうすぐ死ぬから、最後に少しくらいサービスしてやろうという、神様のお情けなのだろうか。だとすれば随分残酷だと思う。死にたくなくなってしまうではないか。

思わずじっと見ていたら、姉さんがにやりと笑った。「ん？　私に見とれてるな？」

「いや」恥ずかしくなって俯《うつむ》く。

いいぞう好きなだけ見とれな、と言いながら姉さんが僕の頭をくしゃくしゃと撫《な》でる。

「耳、真っ赤になってる。可愛い」

姉さんは僕の耳たぶを引っぱりながら言う。「血色いいよね。絶対健康だよ。急性期とか来ないでしょこれなら」

さりげなく言おうとしたのだろうな、とは思う。だが語尾がそそくさと逃げるような小声になってしまうので、彼女がどれだけ僕に訪れる「急性期」を恐れているのかが分かる。

僕の余命は最長三年。そして僕はもう二年五ヶ月生きているから、確実にもうすぐ急性期が来る。単純すぎて計算違いなど起こるはずのない数字だ。だが彼女はいつもこうやって、必死でその事実を否定しようとする。こういう時、「本当だね。絶対大丈夫」と嘘《うそ》を言って笑えばいいのかもしれない、とは思う。だが僕は嘘が下手だ。今日の帰りに転んだことについては、「よそ見しててマンホールにつまずいた」と言った。本当は何もないところでいきなり転んだのだ。僕につける嘘はそれが限界だった。

部屋の空気が沈みかけ、どうしようかと思ったところで携帯の着信音が聞こえた。マナーモードにしているつもりだったが、隣の部屋で僕の携帯が鳴っているのだろう。待ってて、と言って立ち上がる。

慌てて立ち上がったせいで、僕はつまずいて転んだ。視界が一瞬ゆっくりになり、そのゆっくりな時間の中で「今日二度目だな」と思う。四つん這いに倒れ、ゲーム機を蹴飛ばしてしまったかと振り返る。

何もなかった。しまったと思った。僕は何も置いていない絨毯《じゅうたん》の上で転んだのだ。

姉さんが、目を見開いて僕を見ている。それから無理に笑顔を作る。「えっ。今のわざと？」

僕は四つん這いになったまま、答えられなかった。

姉さんの声に切迫したものが混ざる。「ねえ、わざとでしょ？　わざとだよね？」

本当にそうだったらどんなにいいかと思う。

僕は最近、何もないところで転ぶ。歩行時に足がちゃんと上がっていないのだ。さっきはなんとか持ちこたえたが、実は階段もきつかった。前回の検査でも、それまで６００〜１０００程度で推移していたＣＰＫが初めて２０００を超えていたから、医師が眉をひそめていた。

僕はゆっくりと立ち上がった。座ったままの姉さんが、泣きそうな顔で僕を見上げている。

「……ごめん。最近、よく転ぶんだ」

隣の部屋の携帯は鳴り止んでいる。僕は姉さんに背中を向ける。「おじさんに言ってくるね。明日、検査行かなきゃ」

姉さんは何も言わなかった。振り返ることができなかったから、彼女がどんな顔をしていたかも見ていない。

翌日、正義おじさんは仕事を休んで僕を病院に連れていってくれた。検査の結果、ＣＰＫは１４０００を超えていた。急性期が来たのだった。

僕は入院を勧められ、車椅子《くるまいす》に乗せられて帰った。車椅子に座ると普段よりずっと視線が低くて、その高さのまま移動するのは奇妙な感覚だったが、そのせいもあって自分が「病人」であることを強く意識させられた。

僕は今から三ヶ月以内に死ぬ。いよいよその時が来た。ここからの生活は死ぬ準備か、と思うと胸が冷たくなっていく感覚があったが、涙は出なかった。

「いっそ温泉なんかでもいいじゃない。ゆっくりして疲れを取るとか」

「温泉じゃ幸太《こうた》はつまらないだろう。学校は休むからいいんだよ」

「だってあそこのホテルって今からじゃとれないでしょう」

「なんとかするよ。ツテもあるし。平日なら大丈夫だろう」

「まあそれは試してみてもいいけど」おばさんは向かいで俯いている姉さんに訊《き》く。「ひよりはどこがいいと思う?」

「……京都行きたい」姉さんはぼそりとそう言い、やっぱりいい、とすぐに付け足した。「ディズニーがいい。車でしょ。ならディズニーリゾート内のホテルじゃなくてもいいじゃん」

決定権を委《ゆだ》ねる様子で僕に視線が集まる。僕は笑顔で頷いた。「ディズニーがいいです。一回、泊まりがけで両方行ってみたかった……けど、いいんですか?」

「よし。じゃ、ディズニーリゾートだ」おじさんが頷く。「決定。一日目がディズニーランドで、二日目はディズニーシー、かな。逆でもいいよ。決めておきなさい」

病院から帰った晩、急遽《きゆうきよ》、家族会議で遊園地に行くことになった。おじさんがあまりに露骨なタイミングで「休みが取れるから」と言いだしたのでおばさんは咎《とが》める顔になったが、変に取り繕っても逆に気まずくなるだけだ。そのことはおばさんも分かっているようで、おじさんのあまりにもあからさまな嘘にすぐ同意してくれた。

「でも、あそこのホテルって高いと思いますけど、いいんですか？」

どうしてもそう訊かないわけにはいかなかった。急性期が来たということで、僕はケストナー症候群の進行を気休め程度に遅らせる「かもしれない」例の薬を処方されたが、その薬を飲み続けるとてつもないお金がかかるのだった。ネットで調べて知っている。その薬の使用は厚生労働省に認められた治療法ではないため保険がきかず、月に二百六十万円もかかるのだ。もちろん僕は事故で保険金を、難病認定で医療費助成金をもらっているのだけど、それにしても大きすぎる負担だった。この上さらにおじさんに仕事を休ませ、高いホテルに連れていってもらっていいのだろうかと思う。

だがおじさんは、怒ったような顔で言った。「そんなことは考えなくていい」

僕はそれ以上、遠慮しないことにした。どうせ負担をかけるのもあと三ヶ月なのだから、思いきり甘えてしまった方が三人は喜ぶだろう。おじさんとおばさんは「夕飯はレストランを予約して」「平日だからきっと空いてる」と盛り上がっている。

だが、行き先をディズニーリゾートにして一番喜ぶはずだったひより姉さんだけが、俯いたまま何も言わなかった。どうか泣かないでと祈ることしか、僕にはできなかった。

部屋の窓から夜景を見下ろす優子おばさんは、さっきから数えても三度目くらいの同じことを呟《つぶや》いている。「綺麗ねえ。遊園地の中に泊まれるなんて夢みたい」

　確かに、今日は一日中夢の中にいるみたいだった。朝、おじさんの車で家を出て、2デーパスポートでディズニーシーに入ってから、ずっと遊び続けていた。僕は歩いたり車椅子に乗ったりを繰り返したが、アトラクションは堪能した。アトラクションに並ぶのが辛い状態の人向けのチケットがあって、それを見せれば並ぶのと同じ時間、よそで待っていればいいのだ。あまりに便利なので最後の方は申し訳なくなってきたくらいである。

　病院に行った三週間後、家族でディズニーリゾートに行けた。急性期が来た上、わりと進行が早かったため、僕の余命はもってあと二ヶ月。自力で歩ける期間はあと一週間程度になっていた。おばさんは「もっと早くの方が」と言ってくれたが、どうせあと一ヶ月であちこちに行けるわけでなし、ホテルの予約がとれる三週間後まで待ったのだ。それはつまり「僕の最後のお出かけ」であり、皆がそれを分かった上で明るい顔をし続けるということになる。悲愴にならないかと心配もしたが、そこはさすが夢の国。アトラクションに乗ってショーを見て何かを食べて、とやっているうち、少なくともおじさんとおばさんは、とりあえず表面上は「普通に車椅子の息子を持った親」の顔になって楽しんでいる様子だった。僕が車椅子に慣れ、おばさんたちも僕の介助に慣れてきていたことも実感して、このタイミングでよかったのだな、としみじみ思った。それに、僕のこの体では激しく動くアトラクションは一つも乗れないから、絶叫系が少なくショーなどが多いディズニーリゾートは正解だったと思う。姉さんも好きなプーさんを思うさま撫でまわすことができたようだ。そして夜は早めの夕食の後、帰りの車に乗ることなく園内のホテルにこうして泊まっている。いい一日だった。

おばさんはまだ喋り続けている。姉さんは時々言葉少なになることはあったが、今はやはり喋っている。夕食の時からずっとそうで、沈黙を恐れているように見えなくもなかった。だから僕もなるべく笑って喋るようにした。頭の中で「最後」という単語はNGワードに設定した。今が楽しく輝くほど、「最後」という単語が強くはっきり襲ってくる。このジレンマが正直、一番辛かった。

「……ごめんな。やっぱり花火、この部屋からじゃ無理みたいだ」

携帯で調べものをしていたおじさんが言う。ああ残念、と言うおばさんに、でもこの部屋がとれただけでもついてますよ、と僕が言う。廊下のどこかから見られないのか、とか、係の人に頼んで特別に屋上に入れてもらえないか、とか無理なことを話している両親を見ながら黙っていた姉さんが、さっと顔を上げてはっきりと言った。

「玄関の外から見られるかも。ちょっと確かめてくる」

姉さんは立ち上がり、僕の車椅子のストッパーを外した。「幸ちゃん行こう」

有無を言わさず車椅子ごと移動させられる。おばさんは「無理させないでね」と言っていたが、姉さんは大丈夫大丈夫、と繰り返しながら僕を外に連れ出した。

ちょうど無人で来たエレベーターに乗り、彼女を見上げる。「花火、どうしても見たいならパークに戻ってもいいけど……」

「ん、大丈夫」姉さんはなぜかこちらを見なかった。「それより、今からちょっと散歩しよう」

彼女の様子が変なのは少し前に気付いていた。何かひどく思い詰めているようなので、正直なところ車椅子を押されるのは不安な部分もあったのだが、二人きりで何か話したいことでもあるのかもしれない、と思った。

だが僕が「どこまで行く？」と訊くと、姉さんはとんでもない答えを返した。

「京都」

「OKです。出発してください」

姉さんが言うと、訝《いぶか》しげにこちらを見ていた運転手さんは無言で頷いた。怪しまれてるな、と思い、僕は運転手さんにも聞こえるようにはっきりと姉さんに訊く。「これ、ホテルに帰るの何時になる？」

姉さんは僕の意図をすぐに察した様子で、腕時計を見ながら平然と答えた。「日付、変わるかも。でも帰りもタクシー呼べるから大丈夫だよ。……一時くらいまでには戻りたいよね」

運転手さんはそれを聞いて一応、納得してくれたらしい。車がゆっくり動き出す。怪しまれないよう「ちょっと出てきただけ」という演技をしたのだが、ひとまずはうまくいったようだった。少しくらい怪しまれてもとにかく目的地に行ければそれでいいのだが、それにしても、子供は不便である。

僕は体の負担にならないよう、ゆっくりと背もたれに体重を預け、楽な姿勢を探した。車椅子は畳んでトランクに入れてある。

窓の外の夜景を見る。駅前らしく建て込んではいたが、初めて来た京都は駅を出た途端に光り輝く京都タワーがずどおんと出現し、予想外の方向に度肝を抜かれた。車が交差点を曲がり塩小路通《しおこうじどおり》に入る。こうして見る限り普通の夜の街で、あまりにあっさりと移動が済んだので、浦安から五百キロ近くも移動してきたなんて信じられない。だが確かに時計は夜の十一時半を過ぎているし、行く手にはうっすらと山の稜線《りょうせん》が見える。ここは違う土地なのだ。

まさか本当に千葉から京都まで来るとは、というより中学生だけで来られるとは思っていなかった。

ディズニーシーのホテルの玄関で姉さんが「京都に行こう」と言いだした時は何かの冗談、あるいは僕の知らない何かの略語なのだろうと思っていた。だが姉さんが言っているのは本当に日本の京都で、しかも今晩じゅうにそこに辿《たど》り着くための計画を前から立てていたのだ、と知った時はびっくりした。もともと小遣いに不自由しない姉さんは、僕の分まで二人分、新幹線のチケットを用意していた。JR舞浜駅から京葉線で東京駅へ。そこから東海道新幹線のぞみで約二時間。最終電車だし、京都駅着は十一時半になってしまったが、たったそれだけで、一度も行ったことがなく、異世界だと思っていた関西まで行けてしまう。その事実は僕にとって新発見で、ひどく不思議なだけでなく、どこか痛快だった。世界が急に縮まったみたいだった。

もちろんディズニーリゾートのゲートを出る時、どうして京都なのかと訊きはした。姉さんは真面目《まじめ》な顔で答えた。京都の銀閣寺の近くに、「難病が治る」とネットで話題の神社があるのだという。祈って治るわけがないとは思ったたし、姉さん自身も「馬鹿馬鹿しいのは分かってるんだけど」と言っていた。だがどうしても一度行ってみたいのだという。

一応、僕は反対した。何万円もかけて、そんなことのために京都まで行って、しかもその日は帰れない。せっかく家族で遊園地に来たのに後半が台無しになると思った。おじさんとおばさんがどれだけ心配し、がっかりするかも分からない。何も今日じゃなくても、と言った。だが僕は来週頭から入院が決まっているから、確かに今日しかないのだった。

それに、姉さんも言った。

「病気のこと忘れたふりして遊ぶの、辛い。夕飯だって最後の晩餐《ばんさん》みたいだった」

やっぱり無理をさせていたのだと思ったら、反対できなかった。僕からおじさんとおばさんに謝れば、きっと許してもらえるだろう。

それに正直なところ、ここ三週間、何をするにも一人では心配され、常におじさんかおばさんの目があった。死ぬ前に一度だけ自分勝手をして派手に叱《しか》られるのも悪くないし、子供だけで京都なんて痛快かもしれない、ともどこかで感じていた。

僕は携帯の画面を見る。おばさんにメールを送った後、電源は切っているので、画面は暗いままだ。きっと返信メールが山ほど溜《た》まっているのだろうと思うが、行き先ははっきり告げているし、明日何時に帰る予定、ということもちゃんと書いた。捜索願を出すほどのことはしていないと思う。

大都市だと思っていた京都だが、気がつくと周囲が随分静かになり、真っ暗になっていた。いつの間にか大通りから路地に入り、あたりに寺しかなくなっている気がするが、車はゆるやかに坂を上り続けているし、行く先には真っ黒な山のシルエットが目の前に迫っている。急に不安になったところで、姉さんが手を握ってきた。顔を見合わせて頷きあう。おじさんもおばさんも、学校や病院の人たちも、五百キロむこうで絶対に来られない。今、この京都には僕と姉さんの二人きりなのだ。そう思うと、なんだか急にどきどきしてきた。

タクシーにはぎりぎりまで山の近くに入ってもらい、質問してきた運転手さんを「こっそり友達に会う予定が」と言ってごまかし、車から車椅子に移る。幸いなことに思ったより暑くなかったが、真夜中のはずなのにじいいー……とセミの声がした。タクシーのテールランプが遠ざかっていき、携帯で道を確認していた姉さんが車椅子を押してくれる。今いる路地は神社か何かの裏手らしく、周囲には林と塀しかないため真っ暗である。人の気配が全くなく木に巻かれた注連縄《しめなわ》が不気味なのに、姉さんは僕の車椅子を押してさらに暗い方へ入っていく。無言だが、道端の「女性の一人歩きはやめましょう」の看板が見えているのだろうか。路地の奥へと押されながら、一瞬、彼女はこのまま僕と心中するつもりでここに来たのではないかという考えが頭をよぎった。だがすぐに、それでもいいと思った。この人と一緒に死ぬのも悪くないと思う。

「あった。あの上」

ここまでずっと上り坂だったためにすでに息を切らしている姉さんが、懐中電灯アプリを起動させた携帯で石段の上を照らす。暗闇《くらやみ》の中に白く、石の鳥居が浮かび上がった。

「あの横に小さな滝があるの。そこの水を飲んだら治ったんだって」

「姉さん……」

「行こう」

「でも、ここからはどうやって？」

石段の両脇はスロープのようになっていたから、車椅子で上ることも物理的には可能だった。だが傾斜がきつすぎるし、凸凹《でこぼこ》すぎる。車椅子を押してこの傾斜を上まで上る、となるとどれだけ大変か、姉さんもこの三週間で分かっているはずだった。

だが、姉さんは黙って車椅子を押し、スロープを上り始めた。

「……行くの？　上まで」

「大丈夫」

後ろを見ると、姉さんは頭を下げて足を踏んばり、全力で腕を伸ばして車椅子を押し上げていた。そのやり方で上まで上るのは無理じゃないか。もし転んだら大事故になってしまう。そう思ったが、どこにこんな力があったのだろうという強さでどんどん車椅子が押されていく。

「姉さん」

「大丈夫」姉さんは繰り返した。「絶対、上りきるの。絶対」

僕は覚悟を決めた。途中で彼女が力尽きたり転んだりすれば、車椅子は僕ごとバックで滑り落ちて彼女を巻き込み、二人とも大怪我をする。でも、せっかくここまで来たのだ。上りきってみたい。初めて本気でそう思い、僕は少しでも姉さんの助けになるよう、全力で車輪のリムを摑んで押した。

「幸ちゃん」

「僕も頑張る。姉さんも頑張って」

「うん」

真っ暗な石段の脇を一歩、また一歩とゆっくり上っていく。姉さんは最初は順調だったが、四、五メートルほど上ったところでバランスを崩したらしく、車椅子ががくんと揺れた。どこかに体をぶつけたらしい彼女の呻《うめ》き声が聞こえる。だがそれはすぐに消え、上る、という呟きがそれに代わった。

あと二十段ちょっと。上る。あの上まで。絶対に。

リムを摑む手が痛い。肩と腕が張っている。時折姉さんの踏んばりが怪しくなり、車椅子に揺れが伝わるたびにぞっと背筋が冷える。そもそもどうしてこんなことをしているのだろう、という疑念が脳裏をかすめる。それでもなぜだか、諦めたくなかった。理由は分からないが、ここで諦めたら負けっぱなしだと思った。死ぬ前に一度は勝ちたい。僕はリムを力一杯回した。

手と腕がぶるぶると震え始める頃、不意にリムが軽くなった。後ろから「やった」という声が聞こえる。石の鳥居の足元に辿り着いていた。

「……ほら」

姉さんが肩で息をしながら、かすれる声で言う。「……大丈夫、だった」

僕は頷いた。「……うん」

周囲は真っ暗で、携帯のライトを点《つ》けると虫が寄ってきたが、姉さんの言う通り、鳥居の横にほんの小さな滝があった。ささやかすぎて、滝というかただの水の流れだった。流れには車椅子では近付けず、姉さんが身を乗り出して両手に水を受ける。「けっこう冷たい」

「……それが、噂《うわさ》のやつ？」

「そう。効くよ。絶対」

姉さんは両手に水を溜め、僕の顔の前に差し出してきた。僕は体を起こして彼女の手に口をつける。水はほとんど啜《すす》れなかったが、喉《のど》が渇いていたせいもあってか、わずかな湿り気が口の中に染み渡る感触があった。

「どう？」

「治った」

「早すぎ」

二人で笑いあう。それから姉さんは、腰を曲げて僕を抱きしめた。首の後ろを強く引き寄せられると、かすかに汗のにおいがした。

「……治るよ。絶対」

姉さんは言った。「来れたもん。ここまで。だから治るの。絶対」

顔が押しつけられていて返事ができない。腕の中で頭を動かして頷いたが、その動作は伝わったのだろうか。

姉さんが静かに離れ、僕の顔を見つめる。暗くて表情が分からないけどやっぱり綺麗だな、と思って見ていたら、姉さんの顔が近付いてきて、目を閉じる間もなくキスされた。

あっと思った時にはもう離れていた。再び抱きしめられる。今度は、さっきより強く。

暗闇の中で、ささやかな滝が流れ落ちる弱々しい音が聞こえている。姉さんの息遣いが聞こえる。僕を抱きしめたまま、彼女の体が震えていた。泣いているのだ、と気付くまで少しかかった。

彼女を抱き返して「治る」と言えたら、どんなにいいかと思う。だが僕にはそれはできなかった。奇跡でも起きない限りそんなことはない。

それに僕の筋力は衰えていて、ここまで力を入れ通しだった反動で、今はもう腕すら上げられないのだ。


京都駅前に戻って携帯の電源を入れたら、予想通りおばさんとおじさんからメールが何件も来ていた。「すぐに連絡しろ」というのが最初で、あとはどこに泊まるつもりなのか、お金は持っているのかという質問が続いた。

当然、翌朝舞浜駅で再会したら、人目もはばからずおじさんからは怒鳴られ、おばさんには泣かれた。主に叱られるのは姉さんだったので、僕はできる限り「僕も行ってみたかった」と主張した。ただ、帰り際におばさんがちらりと「本当は車で迎えに行こうかと思った」と言っていたから、ある程度は姉さんも信用されていたのかもしれない。

だがそれだけの騒ぎを起こしても、現実は揺るぐことなく進行する。僕は週明けから入院した。病室に初めて案内された時、この部屋が自分の見る最後の光景なのだと思った。CPKは高いままだったし、腕の力でなんとか車椅子からベッドに移ることはできても、歩くのはもう困難になっていた。

秋庭正義

妻はミッション系の学校を出ているせいもありまして、時折「神様」ということを口にします。ですが私は、本当に神様がいるなら、怒鳴りつけてやりたいと思うのです。なぜあの子みたいないい子にばかり、あんな過酷な運命を次から次へと背負わせたのか。それなら私にやってくれればよかったのに、なぜあの子の方なのか。

本当に、私と運命を取り換えてほしいと思います。私はあの子のためなら何を差し出してもいいと思っていました。手足がなくなろうが目が見えなくなろうが、それでもいい。もちろん金ですむならいくらでも出すつもりでした。

ですが現実には、それすら許してもらえなかったのです。人の子の親として一番辛いのは、我が子が苦しんでいるのに何もしてやれないことです。

それじゃ失礼します、と委員長が言って、しっかりした仕草でお辞儀をして病室を出ていく。おばさんは立ち上がって過剰なほどお礼を述べていたが、ドアを閉めると、疲れたように溜め息をついてパイプ椅子に腰を下ろした。廊下を、お見舞いにきてくれた十数人分の足音が賑やかに遠ざかってゆく。

「……幸ちゃん、疲れたでしょう。大丈夫？」

「……大丈夫です」正直、クラスの友達が一度に来て疲れてはいた。だが委員長に手を振るくらいはできた。「でも、ちょっと眠いです」

寝なさいと言っておばさんが掛け布団をかけ直してくれる。僕は頭をずらし、ベッドサイドに新たに出現した千羽鶴《せんばづる》を見た。実物の千羽鶴を間近で見たのは初めてだったが、これで本当に千羽なのかというくらい小さく繊細なものだった。クラスの皆でやったのか、それとも学校や親に協力してもらったのか。僕がもうすぐ死ぬことは学校にも伝えてあるはずなのに、とんだ手間をかけさせてしまった、と思う。無関係の人まで手伝わせたなら申し訳ない。それでも、一応僕のために手作りされたものだから、素直に喜んでいいのだろうか。

おばさんも僕の視線に気付き、千羽鶴に手を伸ばして持ち上げる。「……今でもこういうの、するのね」

僕は答えるのが億劫《おつくう》で、微笑んでみせるだけにした。

「……これで治ればいいんだけど」

そう呟いたおばさんは、急に顔を覆って嗚咽《おえつ》を漏らした。「……治って、くれればいいのに」

僕は何も言えず、泣くおばさんを見ているのも辛くて目を閉じた。僕はこの家の人を泣かせてばかりいる。

その日の夜、仕事を早く終えたらしくおじさんが来た。病室に来る前に医師の先生の話を聞いていたらしく、先生も一緒に入ってきた。常に穏やかに微笑んでいるおじいさんの先生は僕に体調についていくつか質問すると、アメリカで使われているアフゾールという薬のことを説明してくれた。今飲んでいる薬に加えてこれの点滴をすると、症状の進行をもう少しだけ遅くできる「かもしれない」というのだ。むろん強い薬だから副作用が出る可能性もあるが、おじさんはすでに承諾したという。

正直なところ、僕は「もういい」と言いたかった。薬が効いたところで死ぬのが少し先になるだけなのだし、それすらも「かもしれない」に過ぎないのである。僕は病気になって以来、無数の「かもしれない」を目の前に並べられてきた。若いから四年以上生きられるかもしれない。薬でかなり進行が遅くなるかもしれない。あと二週間くらいは呼吸器をつけなくていいかもしれない。いずれもごくささやかな確率に過ぎず、運よく叶《かな》ったとしても死ぬのは変わりないのだから、無意味そのものの「かもしれない」だった。自分を、ネコに捕まって食べる前におもちゃにされているネズミのようだと思った。どうせ死ぬのに抵抗を強要される。

それでも僕は「お願いします」と言わざるをえなかった。おじさんの視線が強すぎたのだ。見ていると、こちらが心配になる。時間からして、おじさんは今日だって残業すべきところを切り上げてきたはずだった。そんなことをしていて会社に怒られないだろうかと思う。それに僕だって、ネットで調べて知っている。ずっと飲んできた例の薬だけでなく、アフゾールまで継続して使うとなると、薬代が何百万かかるのか分かったものではない。将来の秋庭家の家計まで圧迫してしまう。

「……おじさん」

僕が呼ぶと、おじさんはさっとベッドの横に来てくれた。それでなおさら、顔がよく見えた。「大丈夫ですか？　目の下、隈《くま》ができてます。今日は早く帰って寝た方が……」

それを言いたかっただけなのに、おじさんは目を見開いて僕を見ると、さっきのおばさんのように肩を震わせた。

「先生」おじさんは先生に向き直った。「何か他の薬はないでしょうか。どんなものでもいい。未承認でも、外国の薬でもいいんです。少しでも効きそうな何か」

先生は落ち着かせるように手を振った。「残念ですが、アフゾール以外には何もありません」

だが、おじさんは諦めなかった。「お願いします。何でもいいんです。どんなに金がかかってもいい。私の手や足がなくなってもいい。なんとかならないんでしょうか？」

頭を下げ、それからそれでは足りないと思ったのか、床に膝をついて土下座をした。

「お願いします。この子だけは。どうかこの通り」

僕はそれを見て、驚くと同時にいたたまれない気持ちになった。感謝の念が浮かんできたのはおじさんがおばさんと先生に宥《なだ》められながら出ていってからで、それまではずっと、胸の中で膨張する吐き出せない息苦しさに耐えているだけだった。どうしてみんな、諦めてくれないのだろう。僕は二年前に死んでいたはずの子供で、秋庭家の人たちにとってはよその子供で、返せるものなんか何もないのに。僕がもうすぐ死ぬことは自然界の法則で、人間がいくら祈ったって泣いたってどうにもならないのに。

それから、僕の症状は自然界の法則通りに進行した。余命三年の難病なら、僕も三年で死ぬ。当たり前のことだった。二週間後には車椅子で移動することが困難になっておむつをあてることになり、その一週間後には舌が動かなくて喋りにくくなった。その翌日から食事は流動食になり、その五日後には点滴になった。それから何日かした後、呼吸器がつけられ、もう僕の一日は大半がぼんやりと目を覚まして天井を見ている時間と、目を閉じて眠っている時間だけになった。このまま、もうしばらくしたら永遠に目覚めなくなるのだな、と分かった。

なぜだか触覚は元気なようで、呼吸器のマスクの当たり方が痛くて直してもらいたい、ということはしばしばあった。ベッドの横にずっとついていてくれるおばさんとのやりとりは、ほとんど「マスクの位置を変えて」と「ありがとう」の二つだけになった。


僕は目を閉じている。今は何時だろうか。さっき姉さんたちが来ていたから面会時間の終わる前、七時頃だろうか。疲れたので目を閉じているが、手を握られているのは分かる。おばさんでもおじさんでも先生でもない柔らかくて温かい手。ひより姉さんだろう。京都でこの人とキスしたんだった、と思い出す。唇の感触をちゃんと覚えておけばよかった。

姉さんは泣いているようだった。奇跡が、という単語が聞こえてきた。

奇跡なんか起こらない。ごくたまには起こるのかもしれないけど、その「ごくたまに」が都合よく僕の時に起こるなんて確率的にありえない。僕は世界中に何千何万と存在する「病気で死ぬ人」の一人にすぎない。

それでももし奇跡が起こるなら、と思う。もし奇跡が起こるなら、この人たちから僕の記憶を消してほしい。そうすればもう、こんなに僕によくしてくれたこの人たちが、どうしようもないことでこれ以上泣かなくていいようになるのに。

瞼《まぶた》の裏のいつもの暗闇に、赤い斑点がちらりと浮かんで消える。もう一日の大部分をこの暗闇で過ごしている。呼吸器のおかげで息苦しくはなかったが、力を入れて深く呼吸をしようとしてもできず、肺の力がほとんどなくなっていることに気付いた。このまま、もうすぐ心臓も止まる。苦しくはないだろう。

もう二度と僕はこのベッドから下りることはないのだろう。これでさよならだ。この世界のすべてと。

さようなら、みんな。僕はたぶん幸せだった。

だがその数日後、奇跡が起こった。何の演出もなく、あっさりと。

原因が何なのかははっきりしないが、おそらくアフゾールだろうという話だった。一昨日《おととい》あたりから急に体が楽になったな、と思っていたのだが、死に続けていた筋肉が、なんと再生を始めていたのである。一番驚いたのはもちろん医師の先生で、いつでも穏やかで丁寧なはずの先生が興奮して震えながら「いける、いけるぞ」とガッツポーズをしていて、それを見た僕はことの重大さを理解した。

とにかく、治ってしまったのだった。その日の夜、秋庭家の三人が駆け込むように病室に入ってきた時には、僕はもう呼吸器を外していた。それを見たおばさんは脱力してその場にへたりこんでしまった。

何よりすごいのが、この回復が一時的なものではなさそうだ、という点だった。生命の神秘を感じさせる力強さで僕の筋肉は日一日と回復し、それまで自力で呼吸もできなかったのに、一週間後にはベッドから車椅子に移ることができたし、トイレにも行けるようになった。ＣＰＫの数値はあっさり「２２０」にまで戻っていて、あまりに急激に変化したせいか採血からもう一度やり直したくらいだった。先生は途中から完全に研究者の顔になってしまい、僕はよそから来た医者たちにいろいろと話を聞かれ、一時期はある種のスターになった。

何が何やら分からなかったが、分からない僕を措《お》いて体はどんどん回復した。アフゾールの点滴量を減らしてもＣＰＫは正常値のままだったが、飲み薬の方を減らしたら数値が一時的に上がったため、こちらは継続、ということになった。その時すでに元気になっていた僕はそれすら不要ではと思ったくらいである。そして夏が終わる頃、リハビリが順調に進んだ僕は車椅子から自力で立ち上がり、歩けるようになっていた。

翌月に僕は退院した。ゆっくりとだが歩けるようになっていて、家に戻っても、二階に上がらなければ生活に支障はないようになっていた。いつ再発するか分からないので高い薬は飲み続けなければならなかったが、しばらく経過を見て再発の危険がなくなったらやめてもいい、とのことだった。つまり、僕は完全に普通の人間に戻れるのである。九月のよく晴れた日、僕は「治ったんですね？　もう治ったんですよね？」と何度も先生に確かめるおばさんや、どう表現していいか分からないという顔で頭を下げるおじさん、それに、生まれて初めて目の前で手品を見せられた子供のような顔で僕を見ているひより姉さんと一緒に「我が家」に帰った。まさか生きてまたここに戻れる日が来るとは、と思い、そう考えた自分を歴戦の勇者のように感じて面映《おもは》ゆくなる余裕すらあった。

乾杯、と声を合わせてジュースのグラスを皆と合わせる。もう二度と戻ってくることはないと思っていた「家」のダイニング。テーブルの上にはおじさんの好物の寿司《すし》と姉さんの好物のチキンナゲットが並んでいる。サラダ菜がフリルのように可愛らしいおばさんのポテトサラダがそれに彩《いろど》りを添える。ぱっと見るとなかなかにカオスだが、パーティーなのだから混沌《こんとん》はむしろ似合う。今夜ははしゃいでいい。だって死ぬところだったのだから。

おじさんもおばさんも、姉さんも笑顔でよく喋った。僕はそれを聞きながら相槌《あいづち》を打つだけで楽しかった。またこうして、三人の笑顔が見られた。それにそもそも、呼吸器をつけていた時は会話すらままならなかったのだ。他人と会話するということはそれ自体が楽しいのだということを、死の淵《ふち》から生還した僕は知った。病室の明かりと比べればきっとこちらの方が暗いはずなのだが、家のダイニングは眩《まぶ》しいくらいにきらきらしていた。

だから僕は、笑顔で喋りながら、心の隅にちょこんと現れてずっと消えないそれから目をそらしていた。何か、気になるのだった。今のこの状況。おじさんとおばさんと、姉さんの笑顔。何かに似ている。僕はこれを見たことがある。

翌週から僕は再び、学校に通い始めた。三年生にはならないつもりでいたのに、体はどんどん回復して、今はやや不安定なだけで一人で歩くことすらできるようになっている。出る時におばさんが電話をしてくれていたため、朝、校門に着くと、担任の先生が待っていてくれた。

「おおっ、すっかりいいんだね。よかった」先生はほっとしたように笑った。「しかも一人で来たんだ？　えらい」

どういうことなのか一瞬意味を取り損ねたが、先生はてっきり、付き添いでおばさんが来るものだと思っていたようだった。

職員室に行く先生と廊下で別れ、久しぶりの教室に入る。戸をくぐるとほとんどの人はすでに来ていて、僕を見ると驚いたような顔をし、なんとなく目をそらした。僕は教室を見回した。廊下側の壁に知らない掲示物が貼《は》られている。時間割の紙はいつもの位置に貼られていて、その隣に美術の課題についての掲示があるのを見て、これから勉強をちゃんとしなければならない、と思った。三年生にはならないつもりでいた僕の眼前に、急に「将来」という広大なものが出現した。少し不安だった。

クラスの人たちは僕が席につくまで少し静まっていて、入院前よく喋っていた前の席の友達も、僕が座る時なんとなく椅子をずらしただけで、振り返りはしなかった。久しぶりだからぎくしゃくするよな、と思っていると、男子で一番声の大きい津田《つだ》がどかどかやってきて、いきなり僕の背中を叩《たた》いた。

「おーす永嶋《ながしま》。死ぬんじゃなかったっけ？」

津田に悪意がないことは僕にもよく分かった。津田は「いつもうるさい奴」という自分のキャラを活《い》かし、いち早く僕に話しかけて病気をネタにしてしまうことで、クラスの皆のぎこちなさを解いてやろうとしていたのだろう。

だが、言い方がいかにもまずかった。教室中がしんと静まりかえる。

「ちょっと津田君」

後ろから委員長にたしなめられ、自分でも失策に気付いていた様子の津田は、もごもごと何か言いながら離れていってしまった。教室は静まりかえった。

僕は周囲を見回した。皆、黙っていた。まるで最初に元気な声を出した人が「不謹慎」だと袋叩きにされる――というルールが存在するかのようだった。だが隅の方からはひそひそ声も聞こえてくる。見回すと、確かに僕を見ていたはずなのに、僕と目が合いそうになると皆、顔を伏せたりそむけたりした。

どうして皆、そんなに気まずそうにするのだろう。もしかして僕がいない間、僕のロッカーや何かに皆で悪戯《いたずら》でもしたんだろうか、と考えていた僕は、退院した日のパーティーのことを思い出した。

そして唐突に理解した。あのパーティーの時の雰囲気は何かに似ていた。明るく喋ってはしゃぎながらも、どこか無理をしているような感じ。あれは、「最後の家族旅行」でディズニーリゾートに連れて行ってもらった時と似ているのだ。そして今の教室の皆も、きっと同じ。

彼らは、どういう顔をしていいか分からなくて困っている。

津田がとっさに「死ぬんじゃなかったっけ？」という言い方をしてしまった理由も、それを聞いて皆が笑えず、静まりかえってしまった理由も同じなのだ。津田の危うい冗談は、奇《く》しくも皆が思っていた「最も考えてはいけないこと」をはっきり言葉にしてしまった。

きっと今、皆は思っている。そんなことを考えてはいけない、と否定しながらかもしれないが、頭の中でそう思ってしまうのは仕方がない。

――「予定と違う」と。

僕は死ぬはずだった。クラスの皆もそのつもりで、病室を訪ねてくれた。それほど親しくはなかったのに、泣きそうな顔をしてくれた人もいた。僕がもうすぐ死ぬ予定だったからだ。「自宅」の僕の部屋にはあの時の千羽鶴がまだぶら下がっている。あれを手作りしたということは、皆、どれだけ時間と手間をかけてくれたのだろうかと思う。どうして僕一人のためにそこまでしてくれたのか。考えるまでもない。僕がもうすぐ死ぬ予定だったからだ。

だが、死ぬ予定だったのに、あれだけしてもらったのに、僕はけろりと生き返ってしまった。

僕は席についたまま動けなくなった。クラスの人たちだけではない。間違いなく、秋庭家の人たちもそう感じている。


テレビの中で俳優の女性が街を歩いている。石畳の道に店先のパラソル。街の成り立ちについてナレーションが入る。ルーマニアかどこからしいが、画面の中は春先らしく道の隅に雪が残っている。季節感が全くないのは昨年に撮ったものの再放送だからだろう。

優子おばさんは首だけそちらに向けて画面を凝視したまま、もぐもぐ野菜を噛《か》んでいる。ひより姉さんもテレビを見たまま、スープに突っ込んだスプーンをかちゃかちゃと回している。ごはんはもう冷めていると思うが、おかずはない。どうやって食べるつもりだろうか。

食卓は静かだった。正義おじさんも仕事で帰っていない。最近、そういう日が多い。僕が入院する前まで夕食は皆でわいわい喋りながらだったのに、今は沈黙することが多くなった。秋庭家では食事の時、テレビを点けないことになっていた。というか二年前、僕が来た一週間後くらいにおじさんが「テレビやめようか」と消して以来、そういうルールが暗黙のうちにできていたようだった。だが一昨日はおばさんがテレビを点け、昨日も今日も点いている。

今日は水曜日だ。以前だったら「幸ちゃんの日」で、おばさんが僕の好物ばかりで食卓を埋めてくれていたが、今ではそんなことはない。退院して家に帰ってきた段階で、秋庭家のその習慣は自然消滅していた。

会話があまりないのだった。僕はもともとあまり喋る方ではないし、他人に話を振られてからしか喋れない人間なので、おじさんがいない食卓で、おばさんと姉さんが沈黙してしまうと、僕はどうしようもないのだった。もっとも仮に今、僕が自発的に口を開いてあれこれ話しかけても、なんとなく二人を困らせるだけのような気がする。

ごちそうさま、と言って姉さんが箸《はし》を置く。ごはんがまだ茶碗《ちゃわん》に二割ほど残っていて、おばさんが「ひより、ごはん」と言ったが、姉さんは「なんかもうお腹いっぱい」とだけ言ってさっさと椅子を引き、立ち上がった。僕も急いでごちそうさまと言い立ち上がったが、姉さんは僕の方を振り返らずに先に出ていってしまった。後を追うような形になってもな、と思い、食卓に座り直して「残りのごはん、いただいちゃっていいですか?」と言う。

差し出された冷めたごはんを残ったおかずで食べながら、雰囲気が変わったな、と思う。僕が入院するまではもっと会話があったし、おじさんもいた。なのに。

おばさんも姉さんもおじさんも、あまり僕に構わなくなった。それだけなら当然と言えるのだが、明らかに僕と目が合うのを避けるようになった。目をそらす三人が何を感じているのか、さすがに僕にも分かってきた。

どう扱っていいか分からない。

僕はよその子だった。善意で秋庭家に引き取られて世話になり、現在も服用を続けている保険のきかない薬のせいで、毎月二百六十万円のお金が無条件にかかる子供だった。もちろん家族が死んだ事故の時に保険金は支払われたし、運転していた酔っぱらい女から賠償金も支払われるはず（どうも女の夫が「日本の裁判は不当だ」とかゴネて、なかなか払わないらしかったが）である。だが薬をいつまで飲めばいいか分からない以上、秋庭家の口座からは毎月多額の金銭が自動的に抜け続けていっているわけだった。こんなにお金のかかる子供はなかなかいないし、実の娘であるひより姉さんよりも明らかにかかっている。おじさんもおばさんも、そういうことは口にしない。だが同時に、それほど僕を見てもくれなくなった。ずっと死ぬ予定だったのに、突然、これから何十年も生き続けることが決まった子供。どう扱えばいいか分からないのだろう。

僕は思う。おばさんは、僕が死ぬはずだった時はあれだけ泣いていたのに。ずっと病室にいて世話をしてくれたのに。おじさんは医師の先生に土下座して「私の手や足がなくなってもいい」とまで言ってくれたのに。

……それに。

僕はちゃんと閉まっていないリビングのドアを見る。二人だけで京都に行った夜、姉さんは僕にキスした。今は彼女が一番、僕と視線を合わせたがらない。部屋にも入れてくれなくなった。まるで、あの時のことは間違いだったからなしにして、というように。

僕は思い出していた。事故の後、この家に来たばかりの頃の居心地の悪さを。だがあの時は皆が早く馴染《なじ》もうと積極的に話しかけてくれたし、時が経つにつれて馴染む、という予想もできた。今は違う。たぶん、このぎこちなさは時が経ってもそのままだ。だが僕はずっと生きることになったのだ。どうすればいいのだろう。

どうしてこうなってしまったのだろうと思うし、当然こうなるだろうとも思う。僕が死ななかったのはとてもいいこと。それは間違いないし、誰が悪いわけでもない。だが皆の中に、とりわけ僕が死ぬはずだった時に激しく悲しんでくれた秋庭家の人たちの中に、口に出すことが決してできないわだかまりが残っている。

――「こっちはあんなに泣いたのに」。

言葉にすると、たぶんそういうことなんだろう。

だが、結果から言えば、その心配はいらなかった。僕の人生のうちで最も大きな事件が、その三ヶ月後に起こったのだ。僕は両親と弟が死んだ事故こそが、自分の人生で最大の事件だと思っていたが、それは間違いだった。いや、この事件はあの事故の続きと言ってもいいのだから、間違いではないのかもしれない。

十二月のある日曜日。予定がなくそれほど寒くもない、平凡な休日の午前中だった。朝昼兼用の食事の余韻が残るリビングには、たまたま四人とも揃《そろ》っていた。僕はダイニングに座っていて、おじさんはソファで新聞を読んでいて、おばさんは台所で洗い物をしていた。姉さんは床に寝転がってテレビを見ていた。そこに玄関のチャイムが鳴ったのだった。

僕より先に廊下に出ていったおばさんが玄関を開ける音がし、その後、驚いた感じの声が短く聞こえた。

おばさんは、おじさんも家にいるからと、チェーンをかけず、訪問者を確かめもせずにいきなりドアを開けたらしかった。それが犯人にとっては好都合だったようである。おばさんの悲鳴と誰何《すいか》する声。それを無視して聞き取れない外国語で怒鳴る声。明るい午前中なのに、酔っぱらいのような喋り方だった。何かと思って立ち上がる。おじさんもドアを振り返った。その時、おばさんが後頭部に銃を突きつけられながら入ってきた。

おばさんに銃を突きつけているのは、浅黒い肌の外国人だった。汚く髭《ひげ》を生やし、ぼさぼさの頭は頭頂部が薄くなっていて、フケが随分ついていた。間近で見たせいか、そのことをなぜかよく覚えている。土足でよれよれのTシャツとジーンズの男は、屋内にふさわしくない汚い空気をまとい、飛び上がるほどの大声で何か怒鳴り、おばさんの後頭部に銃をぐりぐりと押し当てた。姉さんが悲鳴をあげると、そちらにも唾《つば》を飛ばしながら怒鳴り、またおばさんに押し当てた銃口を見せつけた。

ダイニングの椅子に座っていて、男から一番近い位置にいた僕は、その男が何者なのかを思い出していた。両親と弟が死んだ事故の交通裁判。その途中で遠目に見た気がする。酔っぱらって車をぶつけてきたくせに自分は生き延びた外国人女の夫だった。

男は何とも言えないおかしな臭いのする息を吐きながら、僕を見下ろして怒鳴り、おばさんに押し当てている銃を見せつけるようにした。何か命令されているのは分かったが、男が銃口でリビングにいる姉さんとおじさんの方を指し、「アッチ」と言うまで、何を命じられているのか分からなかった。

男はおばさんと僕をリビングの床に座らせると、銃を振り回しながら僕たちに怒鳴った。ケイサツ、という単語が聞き取れ、男はローテーブルに置いてあった姉さんの携帯を取り、座り込んで動けない姉さんの前に放《ほう》った。片言でよく理解できなかったが、警察に電話しろ、と命じているようだった。

警察が来るまでの間に、おばさんは男の銃口で脅され、僕とおじさんと姉さんをガムテープで拘束した。それが済み、おばさん自身が男にぐるぐる巻きにされている間にパトカーのサイレンが聞こえてきた。男は掃き出し窓を開け、パトカーに向けていきなり発砲した。

男はカーテンを閉め、細く開けた掃き出し窓から外を覗《のぞ》きながら、集まった警官たちと怒鳴りあって何かを交渉していた。途中から通訳が来たのか、男の言葉が外国語だけになったため聞き取れなくなったが、どうやら金と、危険運転致死罪で懲役刑を受けて収監されている妻の釈放を要求しているようだった。交渉の途中、男はすごい目で僕たちを睨み、コロス、シヌ、と怒鳴った。つまりこの男は妻が逮捕され、秋庭家に賠償金を払い続けるようになって以後、生活が崩壊し、その逆恨みでここに来たらしかった。警察や裁判所がこの男に秋庭家の住所を教えるわけはなかったが、事故は派手に報道されたし、僕の個人情報はネット上でとっくに特定され、ばらされていた。

男は臭かった。体臭と酒臭さの他に何か、嗅《か》いだことのない別の臭いも発していた。よだれを垂らしながら怒鳴り、一人で怒鳴りながら周囲の家具を蹴《け》ってひっくり返すこの男が、まともな状態でないことはすぐに分かった。酔っている上、何か薬物をやり、わけがわからなくなったまま、勢いで秋庭家に乗り込んできたのだろう。

「オマエラ、コロス」

僕は男がそう怒鳴って銃口を向けてくるたび、死ぬのかな、と思った。昔は諦念《ていねん》とともに穏やかに見つめていた「死」というものが、激しく暴力的に迫ってきていた。それが怖くて仕方がなかった。思考は白く冷たく麻痺《まひ》しているのに、死にたくない、という気持ちだけが熱くぐるぐると回転していた。心臓はずっと変な鳴り方をしていて息苦しかったし、下半身が冷えて小便が漏れそうだった。

　だが、いくら男が怒鳴っても、こんな要求を警察が聞き入れるはずがないのだった。交渉はだらだらと続き、男は怒鳴る合間に何度か発砲し、そのたびに外から悲鳴が聞こえた。ヘリコプターの音もしていたし、今、この家の周囲にはすごい数の人間が集まっているのだろうと思った。冷蔵庫を漁《あさ》って出したチーズや缶ビールを口にしながら、男は苛《いら》ついていた。薬物の効果が切れてきたのかもしれなかった。ぐるぐる巻きにされたまま座らされている僕たちも消耗していた。だが下手なことをすると、苛ついている男に殺されそうで、荒くなる呼吸を必死で静めなくてはならなかった。

　男が十何度目かに外に向けて怒鳴った後、様子が変わった。男はこちらに歩いてきて、僕たちに銃を向け、震えあがるこちらに対して宣言した。

「コロス。ヒトリ、コロス」

　怒鳴り声でなかったので、かえって本気なのだということが分かった。「ヒトリズツ」

　最悪だ、と思った。男は警察に対する見せしめとして、僕たちのうちの一人を殺す、と決めたらしかった。考えてみれば、四人全員を拘束したのも、交渉がうまくいかなかった時、一人ずつ殺してみせるためだったのかもしれない。

「ダレダ」

男はそう言い、おばさんに銃口を突きつけた。おばさんが動きを止めると、また「ダレダ」と言って今度は姉さんに突きつけた。ダレダ、と問いながら今度はおじさんに突きつけ、次が僕の番だった。動けなかった。イエスと答えてもノーと答えても殺されそうだった。

僕たちを見下ろし、男は言った。「ダレダ。キメロ」

僕たちが沈黙していると、男はまた「キメロ」と怒鳴った。「ヒトリ、コロス。キメロ」

声が出なかった。言えばそれをきっかけに殺される気がしたし、そもそも何も言えない状況だった。誰が死ぬか、僕たち自身で決めろと言っている。できるわけがなかった。

だが男はそう思っていないようだった。ハヤクキメロ、と怒鳴り、またさっきと同じ順に、一人ずつに銃口を突きつけた。オマエカ、と訊かれ、おばさんはぶるぶると首を振った。それを見ていた姉さんは次に銃口を突きつけられるや否や、すぐに同じように首を振った。おじさんもそうした。

銃口がこちらに回ってきた。僕も同じように首を振った。嫌だ。死にたくない。せっかく命が助かったのだ。これまでは「どうせ死ぬ僕には意味のないもの」だと決めつけて、見ないようにしていた楽しいこと、美しいものが、この世界には山ほどあると気付いたのだ。奇跡が起こって助かったのに、たった三ヶ月しか命が延びないのか。そんなのは嫌だ。絶対に嫌だ。やっと生きられることになったのに。まだ死にたくない。

僕はおばさんを見た。おばさんはそれに気付いて目をそらした。おじさんも目をそらしていた。助けて、と声を出したつもりだったが、かすれてちゃんと音声にならない。姉さんは、と思ったが、姉さんもさっと目を伏せた。

嫌だ。僕じゃない。

僕は恐怖にかられて「家族」の三人を見た。三人がお互いに目配せをしている気がしてぞっとし、すぐに口を開いた。「僕は嫌だ。死にたくない」

それから思いつく。誰でもいいから誰か一人を示して、この人にしてください、と頼めばいいのだ。一度一人に矛先が向きさえすれば、残りの二人もきっとそれに同調する!

だが、誰を?

僕は一瞬悩んだ。その一瞬の間に、おばさんとおじさんと姉さんが、同時に口を開いていた。

秋庭ひより

あの後、すぐに警察が突入したんですよね。だとすると、やっぱりあの銃声がきっかけだったんですよね。幸ちゃんを殺した銃声が。

それなら、やっぱり幸ちゃんが、私たち三人の命の恩人です。あの子は、せっかく助かった命を擲《なげう》って、私たちを助けてくれた。

その時のことは、はっきり思い出せます。すでに何度も報道されている通りです。犯人の男は私たちの一人を殺す、と言いました。誰を殺すか決めろ、と私たちに命令しました。もちろん私たちにそんなことができるはずがなくて、父も母も、私自身も黙っていました。でも男は興奮していて、今にも引き金を引きそうでした。あのままずっと黙っていたら、私たち全員が殺されていたと思います。

そこで言ったんです。幸ちゃんが。「殺すなら僕にしてください」と。

私は、やめて、と言いました。父も母も止めましたし、それは絶対にできない、それなら自分の方を殺してくれ、と言いました。口には出せませんでしたが、私も同じ気持ちでした。だって、そうですよね？　四人の中では幸ちゃんが一番子供だったんです。それにあの子はこれまであんな辛い事故に遭って、本当のお父さんもお母さんも弟も死んで一人ぼっちになって、しかも「余命は三年」と言われて、三ヶ月前にようやく助かったところだったんです。それなのに、これ以上あの子を辛い目に遭わせるのなんて、絶対に嫌でした。

それなのに、あの子は言ったんです。「僕にしてください。僕はもともと死ぬはずでしたから」って。

「本当は死んでいるはずの僕の命を助けてくれたのは秋庭家の人です。だから、与えてもらったその命で、僕はおじさんとおばさんと姉さんに恩返しをしたい」――あの子はそう言いました。私たちがいくら止めても、もう決心を済ませているようでした。

どうしてあんな優しい子が死ななければならなかったのか、私には分かりません。

あの子の病気は、治るはずがないものでした。絶対に助からなかったはずのあの子には、奇跡が起こって、命が助かった。それなのに、その命をすぐにまた奪われる。こんな残酷なことがあるでしょうか。

でも、あの子は言ったんです。

「きっと、僕に起こった奇跡は、このためだったんだ。神様は僕に三ヶ月だけ命をくれて、恩返しをする時間を与えてくれたんだ」――と。

そしてあの子は、もう一度言いました。僕にしてください、と。止める間もありませんでした。犯人が迷っていると、あの子は立ち上がって犯人に飛びかかっていって……。

時々思います。あの子は本当は、神様に遣わされた天使だったんじゃないか、って。

＊

生存者の一人である秋庭ひよりのこの証言が発表された瞬間から、「芦野市立てこもり事件」は爆発的な、一種の社会現象と言って差し支えないトピックになった。もとより「処罰された交通事故加害者の関係者による逆恨み」という身勝手な動機、事故に無関係な一家四人を人質に取って立て籠もった上での凶行、そして被害者がまだ十四歳の少年であったことで、連日のようにニュースのトップを飾っていた事件ではあった。だが事件時、犯人が立て籠もっていた家の中で起こっていたこの衝撃的な事実は、比喩ではなく日本全体を騒然とさせた。

まだ十四歳の少年。犯人側の起こした交通事故で家族を失い、自らも難病にかかり余命三年とされていた悲劇の少年。後に明らかになったことだが、その少年には一度、奇跡が起こっていた。少年は事件の三ヶ月前、治療不可能とされていた難病から回復していたのだ。そこに悲劇が降りかかった。

そして少年は、神から与えられたその命を、この世で最も大切な家族のために使った。

大人でも困難な決断だった。一体どれほどの日本人が、この少年と同じ決断ができるだろうか。少年は銃を持ち、「誰か一人を殺す」と宣言した犯人に向かって、「自分を殺してください」と言ったのだ。自分の命は皆に与えてもらったものだ。だから皆を救うために使いたい、と。きっと自分が今日まで生き延びられたのはこのためだったのだ、と。

十四歳の少年の悲しく美しい決断に、日本中が涙した。

テレビ各局、新聞各紙、週刊誌、月刊誌、ネットニュース、ラジオからSNSに至るまで、あらゆるメディアがこの事件を特集し、追った。メディアは他が報じないどんな些細なことでも知り得れば報じたし、事件と、その中で命を絶ったあまりにも優しすぎる少年の人生は、余すところなく国民に伝えられた。約半年の間、この事件のトピックがメディア上に出なかった日は一日もない。事件が起こったのは十二月であったにもかかわらず、「芦野市立てこもり事件」は「その年で最も重大なニュース」に選ばれ、少年が死の直前に語ったとされる「恩返しする時間」という言葉はその年の流行語大賞になった。ネット上では「恩返し」が一大ムーブメントになり、世話になった両親や友人などに、普段伝えられない感謝を伝える美しい行為が広まった。芦野市は「恩返しの地」として観光客が押し寄せ、某有名アイドルグループはこの事件を題材にした『神様がくれた少年』という曲をヒットさせて数年ぶりのトリプルミリオン超えとなり、すでに出演が決まっていたその年の「紅白歌合戦」で、サプライズでこの曲を披露した時の瞬間最高視聴率は六十五％を超えた。同時期のニュースとしては、某大臣が「これが日本人伝統の美しい神風精神」という発言をし、問題になったこともよく記憶されているだろう。もっとも当時の内閣支持率の高さもあって、辞任騒ぎまでには発展しなかったのだが。

テレビ各局によるドキュメンタリーは少しずつ角度を変えて数十回放送され、事件を追ったノンフィクションは累計三百万部を超えて翌年のベストセラーになり、一年後、人気アイドルを主演にして、事件を題材にした映画が公開されると、観客動員数は公開二週目で七十万人を超えるというヒットになった。

流行が急速に鎮静化していったのはそのあたりからだろうか。一つにはおそらく前述の映画の評判があまりよくなかったこと。もう一つは一通りコンテンツが出尽くし、新たな話題を提供するものがなかったところに、例の人気俳優の不倫疑惑が出来したことだろう。現在では、「芦野市立てこもり事件」は、ほとんどの国民が名前を記憶しているだけのものになりつつある。

しかし私たちは忘れてはならない。命を擲った一人の優しい少年を。きっと神様は、この少年の健気な願いに心を打たれて、彼に三ヶ月の命を与えたのだ。私はそう思う。

(para-netニュース　六月七日配信)

＊

どうして今になってこんなことを打ち明けるのか、不思議でしょうか。でも少なくとも私にとっては、少しも不思議なことではありません。ちなみに、他の二人の了解はまだ得ていません。私が勝手にやっているんです。でも、最近の二人の様子を見る限り、間違いなく同意してくれると思います。二人も私と同じように、もう耐えられなくなっているでしょうから。あの事件の「美談」扱いに。

本当に、すごい騒ぎでしたね。殺人事件だし、動機はひどかったし、中学生の子供が殺されたんですから、大きなニュースになるのも当然ですよね。でも、あれだけの騒ぎになった一番の理由は、警察に保護された後、私たちが話した「現場の様子」のせいですよね。

はい。私たちは嘘を言いました。幸ちゃんが——殺された永嶋幸太君が、「殺すなら僕にしてください」と自ら名乗り出た、と。

あれは嘘でした。

真相は、さっき言った通りです。彼は「死にたくない」と言いました。ですが私たちはそれを無視し、三人で揃って「この子にしてください」と犯人に頼んだんです。犯人は笑い、彼に憐《あわれ》みの目を向けると、外国語で何か祈りの言葉を言い、彼を撃ちました。私たちは、自分たちが助かるために彼を生贄《いけにえ》にしたんです。そして警察の事情聴取では、口裏を合わせて、彼が自ら我が身を犠牲にした、というストーリーを作って話しました。

まさか、あそこまでの騒ぎになるとは思っていませんでした。日本中がどれだけ騒ぎ、ニュースで取り上げ、知識人がコメントしたか、どれだけの政治家があの「美談」に反応し、ドキュメンタリー番組が作られたか。私たちも把握しきれないほどです。「日本人の精神性」なんていうところまで結びつけて論じられましたし、幸ちゃんの人生は本になり、映画にまでなりましたしね。私たちへの出演依頼はさすがに断りましたけど。

どうしてそんな嘘を言ったか、ですか？

それは、言うまでもないんじゃないでしょうか。もし当時の空気の中で真相をありのまま話していたら、私たちがどんな目に遭っていたか。

……ええ。もちろん、真相を明かしても擁護してくれる人はいたでしょう。法的には

「緊急避難」で無罪になるとのことですし、死んだ幸ちゃんはただ一人「家族」ではなかった。そもそも彼は私たちが治療を受けさせたおかげで生きていて、それがなければ事件の三ヶ月前に死んでいた。だから「誰か一人が死ななければならない」という状況なら、彼が選ばれるのはやむを得ない判断。

　確かにそれは事実です。でも当時、そんなふうに論理的に考えてくれる人が何人いたでしょうか? 真相を話せば、私たちを冷酷だ人殺しだと非難する声がほとんどになっていたはずです。袋叩きにされ、社会的に抹殺されて収入源は絶たれたでしょうし、顔を上げて外を歩けなくなっていたでしょうし、親戚からは縁を切られていたでしょうし、一人一人が攻撃の対象になって、身に危険が及んだかもしれません。

　だから私たちは口裏を合わせたんです。あの子が自ら犠牲になったことにしよう、と。

　理屈では罪にならなくても、やっぱりひどいでしょう。最低ですよね。私たちは。

　でもそのストーリー、大受けしましたよね? 泣きました、っていう声、随分届きましたよ。みんな大喜びで、感動して、泣いて、テレビでいやっていうほど取り上げて、本にして映画にして、本当にあった自己犠牲の美談、っていうふうに扱いましたよね? 余命三年の少年に起こった奇跡と愛の物語、みたいな見出しで。

　あれって、少しおかしいと思うんです。自己犠牲を美談だ美談だと言ってもてはやす。自己犠牲で死ぬことを「素晴らしいこと」だと宣伝するっていうことは、みんなもっと自己犠牲で死のう、って言ってるわけじゃないですか。それ、怖ろしいことじゃないでしょうか。本当なら、なぜこんな残酷な事件が起こってしまったかを検証して、二度と起こらないように啓発することこそがマスコミの役目じゃないですか？　どうして犯人がうちの住所を簡単に知ったのかとか、危険運転致死で捕まった人の扱いとか、そういう切り口で取り上げたメディアってほとんどありませんでしたよね？　みんな「余命三年の少年に起こった泣ける奇跡と自己犠牲」でしたよね？

一時は確かに、私たちもそれに乗りました。でっち上げた物語を信じ込んで「乗る」ことで、罪悪感が紛れてくれた部分もあると思います。でももう終わりです。本と映画による収入、それにあの子の賠償金その他、家族で話し合って、全部寄付しました。ケストナー症候群の治療研究に、という意見も出たのですが、どこに寄付すればいいか分からなかったので、犯罪被害者支援基金に。

もちろん、そうしたところで私たちの罪が消えるわけではありません。これまでずっと黙っていたわけですし。でも、もう限界でした。

批判は覚悟しています。当然の罰だと思います。

私たちは社会的に抹殺されるでしょうか。私たちが「死んでお詫《わ》び」するまで叩いてやるぞ、という人たちも出てくるんでしょうね。なんとなくですが、美談だ美談だと言って真っ先にもてはやした人たちこそがそうなるんじゃないかと思います。

でも、今はとてもほっとしています。やっぱり、お話ししてよかったと思います。あの子にはずっと、生きて謝り続けます。

乾くるみ

カフカ的

乾《いぬい》 くるみ
1963年静岡県生まれ。98年『Jの神話』で第4回メフィスト賞を受賞し、デビュー。2004年発表の『イニシエーション・ラブ』がベストセラーに。ほか著書に『セカンド・ラブ』『スリープ』『セブン』『物件探偵』など。

1

チャイムが鳴ったので板書を中断し、「今日はここまで」と言って教科書を閉じた。《現代倫理》という表題が目に入ったところでふと考える。倫理学の知識はあるが実践がともなっていない私に、この教科を教える資格がはたしてあるのだろうか。

「きりーつ。れい」

クラス委員の号令に従って挨拶《あいさつ》を終え、教壇を下りたところで、

「先生、相本《あいもと》先生。質問があります」

退屈な授業から解放された直後だというのに、一人の女生徒が教科書を持って駆け寄ってきた。堂林萌子《どうりんもえこ》だ。

「人には生きる権利があるって、仰《おっしゃ》ってたじゃないですか」

「ええ。少なくとも人間が決めたルール上では、そうなっています。サメとかは守ってくれてませんけど」

質問に応じながら、私は歩を止めずに廊下に出た。萌子も並んでついてくる。

「だったら死ぬ権利は？　自分が好きなときに死ぬ権利があってもいいんじゃないでしょ

うか」

いかにも若い子が思いつきそうな理屈だった。私自身も高校生のとき——もう十年経《た》つのか——同じようなことを考えていたのを思い出す。

幸い廊下に出ている生徒はまだ少ない。私は足を止め、萌子に向き直って最小限の声で答えた。

「誰《だれ》にも迷惑をかけなければ、あるいはね。でも自殺って、想像以上に大勢の人に迷惑をかける行為だから、社会的に認められていないんだと私は考えてます。ビルからの飛び降りとか電車への飛び込みとかは、無関係の人が巻き添えになったって、よくニュースとかで目にするし、接触事故がなかったとしても、目撃者のトラウマだとか、後片付けをする人の迷惑とかを考えてないよね。自分がそっち側の立場に立たされたら、とても嫌な思いをするだろうに。だから場所とか方法とかの問題がまずあって、見知らぬ人への迷惑はどうにか回避できたとしても、家族や知人に与えるであろう影響はどうにもできない。たとえば高校生が自殺をした場合には、いじめがあったとかなかったとか、いろいろ問題がほじくり返された結果、学校の担任が責任を取って辞めさせられたり、家族や友達が自殺を止められなかったことで自分を過剰に責めたりして、大勢の人の人生を捻《ね》じ曲げてしまう可能性がありります」

「こっちは死んでいるのに、生きている人への配慮も必要だってことですか?」

こっちって言っちゃダメなのに。まだまだ未熟だなと思いながら、

「うん。たとえばね――これは人から聞いた話なんだけど、大好きな芸能人に握手してもらって、今が人生で一番幸せだからっていう理由で、その日のうちに自殺しちゃった子が昔いたらしくて、本人はそれで満足だったかもしれないけど、家族や友達がどう思うかを考えてないし、何よりその自殺がニュースになって、自分が大好きだったその芸能人に迷惑をかけるであろうことについて、配慮がまるで足りてない。自分のことしか考えてない。そういう身勝手な考え方がエスカレートすると、自殺する前にどうせなら会社の金を横領して豪遊してやろうとか、あるいは死に際にできるだけ大勢の人を巻き添えにしてやろうって、歩行者天国に車で突っ込んで行ったり、あと外国の場合は実際に自爆テロとかもあったりするし――やりたい放題やっておいて自分は責任を取らずに死んじゃいましたっていう、立つ鳥跡を濁さずの逆で、立つ鳥跡を濁しまくりの、一種の勝ち逃げパターンが成立してしまうんだけど、そんなのは社会的に許されることではありませんからね」

「許されないって言われても、実行してしまった者の勝ちだから、余計に嫌がられる？」

「そう。自爆テロとかの極端な例を除いても、自分の好きなタイミングで死にたいっていうのは、一部の人だけが望む行為なので、ぜんぜんお互い様にはならなくて、一方的に他人に迷惑をかけるという点では犯罪と同列に考えられるんだけど、処罰の対象にしたくてもそれができない場所に逃げ込んでしまうぶん、より悪質だという考え方もできる」

「なるほど。教科書的にはとても納得できる答えでした。ありがとうございました」

堂林萌子は頭を下げて教室に戻って行った。なかなかの美少女で、たしか成績も学年でトップクラスだったはずである。病気にでもならない限り、長く生きれば生きたぶんだけ人生を楽しめるタイプで、自分でもそのことはわかっているのだろう。

それでも概念としての死をもてあそびたくなるのだ。気持ちはわからないでもない。私自身がそうだったから。

深淵《しんえん》のない人生を過ごしている者は幸いだ。深淵が、見えてはいるけど避け続けている人もいる。

私は最初、抗《あらが》うすべもなく深淵の縁に引き寄せられ、その中を覗《のぞ》き込んでしまった。以来、自分の人生の高さを見失うたびに深淵の縁に立ち戻っては、その絶望的な深さとの対比で、いま自分がいる場所の高さを再確認するということを繰り返してきた。

「羨《うらや》ましいですな、相本先生」

背後から不意に声を掛けられ、振り向くと隣の教室から出てきた数学教師がそこにいた。生徒たちは陰でデホーと呼んでいる。俳優のウィレム・デフォーを知っている人には由来を説明するまでもない。顔がそっくりなのだ。

「あ、いえ」

「授業が終わった後に、生徒から質問されるなんて。私にはとんと縁のない話です」

「年齢が近くて話し掛けやすいというのもあるかもしれません。この学校で下から三番目ですから」

「いえいえ。私が先生ぐらいの年齢のときにも、生徒たちは寄って来ませんでした」

「あとはほら、教科も違いますし。数学と社会科だったら社会科のほうがまだ、とっつき易《やす》いと言いますか」

そんなふうに会話をしながら、廊下を一緒に歩くことになってしまった。並んで歩いている間、私は憂鬱《ゆううつ》な気分が表情に出ないように努めなければならなかった。職員室の自分の席に戻ったときには、溜息《ためいき》をそっと吐《つ》いたほどである。悪い人ではないのだろうけど、とにかく顔が苦手なのだ。

逆に顔さえ美しければ、中身なんてどうだっていいという気持ちもある。船村桔次《ふねむらきつじ》がそのいい例だった。

新宿にある《エイトポイント》という、学生時代からたまに利用していたバーで、初対面の男に話し掛けられることは多かったが、私のほうから話し掛けたのは彼が初めてだった。それだけ船村の顔の造りが美しかったのだ。半年前の、一学期の期末テストの採点が終わった日の出来事である。

そういうバーで一人客に話し掛けるのは当然、下心があってのことで、彼は私の誘いに気安く応じてくれた。その日のうちにホテルに入り、私たちは身体《からだ》の関係を持った。

お互いの仕事の都合もあって、逢瀬《おうせ》の頻度は月に二回程度と少なかったが、これほど濃密な時間が過ごせる相手と出会えたことに、私は感謝していた。

「僕と付き合っている間は、ああいう店には行かないでくれ」

私は喜んでその提案に従った。他の男で隙間《すきま》を埋める必要はなかった。彼が私を独占しているように、私も彼を独占している。そう思っていたのに……。

先月初めに過ごしたホテルの部屋で、クリスマスの予定を尋ねた私に、彼はこう答えたのだった。

「んー、それはちょっと。クリスマスはさすがに、家を空けられないかな」

私にとっては不意討ちとも思える台詞《せりふ》だった。三十代半ばの彼が、まさか両親と一緒に過ごしたいという意味で言っているとも思えない。確認したところ、彼は既婚者であることを即座に認めた。

「黙っていたのは申し訳なかったが、君がそういうことを気にするとは思ってなかった」

三年前に取引先の専務から紹介された女性と、三ヵ月の交際期間を経て入籍したのだという。子供はいない。

「だからクリスマスだけじゃなく、年末年始も君とは一緒に過ごせない。次に会えるのは、だから一月の、中旬あたりかな? ちょっと間が空いてしまうけど、また僕のほうから連絡を入れるから」

そうして決まった新年初デートの日付が、まさに今日だった。

自分でも意外なことに、妻帯者だと知った今でも、彼に対する私の気持ちに大きな変化はなかった。

いつも冷淡な彼だけど、今夜ばかりは、この一ヵ月間のブランクを埋める特別な何かが欲しかった。デスクの抽斗《ひきだし》からスマホを取り出して確認すると、船村からの新着メールが一通届いていた。はやる気持ちを抑えつつ文面を確認すると、

《急な仕事の予定が入ったので今夜はダメになった。また後日。連絡する。》

死ねばいいのに。

2

いったんは自宅マンションに帰ったものの気持ちが収まらず、夜遊び用の服に着替えて新宿行きの電車に乗ったのが午後八時過ぎのこと。

久しぶりに《エイトポイント》に行こうと決めていた。今日はナンパされに行くわけではない。アルコールと音楽があり、馴染《なじ》みの店員がいて、人のぬくもりが身近に感じられる場所を、身体が本能的に求めていたのだ。

心の中では雑多な感情が渦巻いていた。船村桔次に対する罵詈《ばり》雑言《ぞうごん》。失望。現状を打破したいという思いと、それでも彼との関係を続けたいという葛藤《かっとう》。半年ぶりに行く店が以

前と変わっていないことを祈る気持ち。等々。

しかし電車が三駅目で停車した際に、そうしたすべてが吹っ飛んだ。滝井玲奈《たきいれな》が、会社の同僚と思《おぼ》しき男女二人と会話しながら乗り込んで来たのだ。

最後に顔を合わせたのは何年前だろう？　高校卒業以来ということは、約十年前か。

「――たぶん順番どおりに並べてくれているだろう、とかじゃなくて、そこは自分でも念のためにチェックしておけば、今回のミスは防げたんだよね。五分とか十分とかの手間を惜しんだ結果が、こうして二時間かける三人で、六時間の無駄に繋《つな》がったことを……」

車内の混み具合を考えて、いったんは会話を途切れさせたものの、ドアが閉まって電車が動き出した途端、玲奈は小声で話を再開させた。

「ひとを信用しなければ作業が進まない場合もあるし、そういうときは仕方ないにしても、五分十分で済むような場合には、安易にひとを信用しないほうがいいんじゃないかな」

「たしかに、滝井さんの仰ることもわからなくはないんですけど――」

男性のほうの同僚（というか後輩？）が反論を始めた。滝井という固有名詞が出たので他人の空似ではないと、聞き耳を立てていた私は確信する。

「――チェックして問題がなかった場合、そのチェックにかかった十分は、他人を信用しなかったせいで時間を無駄にしたと言えるんじゃないでしょうか？　六回チェックして問題がなかったら一時間の無駄。三十六回チェックしたら六時間の無駄。結局は――」

「それは違うでしょ」と滝井玲奈がピシャリと言う。「チェックして問題がなかった場合、チェックにかかった時間はただの無駄じゃないの。品質が確認できたから有意義な時間として考えてほしい。あと三十六回もチェックし続けるのはたしかに時間の無駄だけど、そうじゃなくて、五回十回とチェックして問題がなかったら、そろそろ信用してもいいかなって途中で切り替える柔軟性も同時に持ってほしいの」

「……わかりました」

男性が納得したところで二人の会話は終了した。もう一人の女性社員は一言も発していない。玲奈に話し掛けるなら今がチャンスと思われたが、彼女に連れがいるせいで、思うように声を掛けられない。

そんなもどかしい思いで玲奈のことを見詰めていたら、不意に彼女が顔をこちらに向けた。

たしかに目が合った。しかし次の瞬間、彼女の顔に浮かんだのは「誰？」という表情だった。

彼女が目を背けるのと同時に、私も視線を逸《そ》らした。そのまま見続けていたら不審者と思われかねない状況だったから致し方ない。

どうして気づいてもらえなかったのか。十年前と今とで、私の見た目はさほど変わってはいないはず。他のクラスメイトならいざ知らず、玲奈なら私のことを見忘れるはずがないし。

そこでようやく思い出す。そういえば滝井玲奈には一卵性双生児の妹がいるという話だった。

そっちのほうだったか。話し掛けなくてよかった。髪の生え際にじわっと変な汗が浮かんだ。

二駅ほど先で三人がまとめて降りたのでホッとしたのも束の間《つかのま》、ドアが閉まる直前に彼女が一人で乗り込んで来るのが見えた。かなりの混み具合の中、彼女は人の間を無理やり通り抜けて、私の正面に立った。先ほどの非礼を問《と》い質《ただ》されるのかと思いきや、

「久しぶり」

囁《ささや》き声でそう言ってニコッと笑ったのは、双子の妹などではなく、滝井玲奈本人だった。

「なんだ、本人か。双子の妹がいるって聞いてたから、そっちかと思って」

玲奈はふふっと鼻で笑うと、

「さっきは連れがいたからね。説明するのが面倒だと思って、他人のふりをしちゃった。今日は？」

「予定が入ってたんだけどドタキャンされちゃって」

「ちょうど良かった。ご飯ぐらい付き合ってもらおうって思ってたんだ。次の駅で降りよう」

車両の中では会話を続けられそうにないので、降りてみたはいいものの、そこは二人ともに馴染みのない駅で、とりあえず見つけたファミレスの看板を頼りに、私たちは束の間の居場所を定めた。

「よく考えたら、こうして二人でご飯するのって、初めてですよね？」

「それどころか、面と向かってこうやって会話するのさえ、ほぼ初めてだと思う」

「正直、どう呼んだらいいか迷ってる。滝井さん、かな？」

「メールで呼んでくれてたように玲奈って呼び捨てでいいよ。わたしも真弥《まや》って呼ぶから」

滝井玲奈は私の高三のときのクラスメイトで、当時の私を精神的に支えてくれた親友でもあった。といっても教室でリアルに言葉を交わすことはほぼなかったので、私と玲奈が実はメル友だったということを知っている同級生はたぶんいないだろう。メル友といっても、彼女とのメールのやり取りは、携帯電話ではなく、すべてパソコンで行われていた。

哲学好きが集まるインターネット上の同じ掲示板に、二人がともに出入りしていたのがきっかけだった。私が当時使っていたハンドルネームと書き込みの内容を見て、もしやと思ったのだという。会員制の掲示板で、登録時にメールアドレスも必須《ひっす》だったので、会員間でのメールのやり取りができたのだ。

《木目ラモンさんこんにちは。掲示板ではいつもお世話になっています。貴賤胞子です。

間違ってたらごめんなさい。木目ラモンさんって偕稜高校三年二組の相本真弥さんですよね？

合ってても間違ってても返信ください。わたしは同じクラスの滝井玲奈です。》

まさかあの小憎たらしい「貴賤胞子」が同級生の滝井だったとは。突然届いたそのメールに、最初はどう反応していいかわからなかった。翌日には本人と顔を合わせるのだから、ここでスルーしても仕方がない。教室で話し掛けられるよりはまだマシだと思ったので、正直に《当たりです》と返信したところ、

《掲示板ではお互い無理をして背伸びをして見せているところがあると思うので、メールでは等身大の自分を意識して正直な気持ちをぶつけ合ってみませんか？　まず隗より始めよでわたしから行きますね。》

という段落で始まる長文のメールがその日のうちに届いたのだった。

私たちの哲学に対する姿勢は正反対だった。私が先人に学ぶ知識先行型だとしたら、彼女は自力突破型で、自分で導き出した結論だからこそ主張が強く、自説を容易に枉《ま》げようとはしなかった。

《ルービックキューブの解き方って本や雑誌に載っていたりするけど、それを見て自分も六面揃えれたって自慢する人の気持ちがわからない。自力で解いた手順に無駄があって揃えるスピードがたとえ遅かったとしても、誰かが解いた手順を丸暗記しただけの人がスピ

ードの速さを自慢してきたってそれが何?って思うし。》
意見が対立したのは命の軽重に関してだった。私が捕鯨《ほげい》やイルカ漁に反対する外国人たちに理はないと言って、知能の高低を理由に人間以外の動物の命の重さに優劣をつけるのはおかしい、その考えが人間にも転用される可能性があり、遺伝的形質で人権に優劣をつけるという愚を犯した優生学からの反省が活《い》かされていないと主張したところ、人権はどこまで平等であるべきか検討の余地はあるという反論が彼女から返ってきたのだった。
《先に命の値段の話をします。二十歳の若者と八十歳の老人が殺されたときに、賠償額に差が出るのは逸失利益で計算しているから当然です。でも侵害された人権は平等のものとして扱われ、同じ殺人罪で裁かれます。では人権は等しなみに誰にでも認められるものかというと一応の例外はあって、日本では死刑制度が認められているので死刑囚の生存権は法律で剝奪することが可能です。他人の人権を不可逆的に阻害した以上は自分の人権も剝奪されなければ釣り合いが取れないという理屈で、これは理解できます。でも人間の生存権が百パーセントか零パーセントかの二択しかないのだから二段階しか選べないのは不充分だと思いませんか。生きるか死ぬかの二択しかないのだから二段階で充分というのは一種の思考放棄で、本当は命の価値には個人差があるとみんな感覚的にはわかっているはずです。それは民法の逸失利益の計算式で導き出される値段とは別の価値体系です。権利を単純にあるなしの二分法で考えることには限界があって、たとえば国家検定で政治に詳しいと認定された人には詳しくない人に比べて倍の一人二票の投票権を認めるとか、そういった権利の段階化というのは今後検討されるべきだし、人権にも同様の段階化が適用されたほうが自然発生的な価値観に社会制度がより近づくと思うのです。》

彼女が自力突破型であることとも関係するのだろうが、彼女のメールには《自然発生的な価値観》という言葉が頻出した。

《宗教の悪い点は自然発生的な価値観と相容れない人工的な価値観の押し付けが往々にして見られることとです。文系と理系を「人文科学と自然科学」と言い換えることがありますが、自然科学の「自然」は「地球が球体である」とか「地球は太陽の周りを回っている」とか「人間を含むすべての物体はたった百種類前後の原子が組み合わさって出来ている」といった自然世界の仕組みを科学的に解明してますよということで、結局理系の学問は「自然発生的な価値観」そのものを教えてくれていると言ってよいと思います。教義に反するからといって科学的事実を認められないような宗教は人類の進歩の足を引っ張っています。そんな宗教に未成年者を入信させるのは発達障害を招きかねないので本来なら児童虐待として扱うべきです。》

最初は交換日記のような軽い気持ちで始めた長文メールのやり取りだったが、玲奈は次第に自分のプライベートな事情も書き連ねるようになっていた。それによると、彼女が中学生のときに両親が新興宗教に嵌《はま》って、双子の妹の亜恋《あれん》は素直な性格で中二の夏に入信させられたが、玲奈自身は中学卒業まで入信を拒み続けたし、高校進学のタイミングで横浜市内の実家を出て都内の親戚《しんせき》宅に身を寄せて、今はそこから通学しているという。彼女の宗教批判には身近に具体的な対象があったのだ。

彼女に釣られるようにして、私自身もいつしかプライベートな悩みを彼女に打ち明けるようになっていた。そのことによって精神的に救われたという思いは今でも持っている。

それなのに私は唐突に彼女との関係を断ち切った。高校三年の冬休み。受験本番を控えていたこともあって、そもそもメールの件数自体がお互いに減っていたのだが、内容は深刻なものが増えていて、このままでは二人とも深淵に落ちてしまいかねないと思った私が、一種の強硬手段に出たのだ。私が最後に送ったメールは《玲奈はニーチェを読むべきだと思う。》という簡素なものであり、数週間後に届いた玲奈からの最後の返信メールは《ニーチェを読んだ。参考になった。同じ道をより早くより深く探索した人がいる場合には、先人から学ぶべきだと理解した。》というものだった。

あれから十年。今ではお互いに二十八歳の大人になって、当時から比べると随分とまともな生活をしてるよねと笑い合うつもりだったのに、気づいたら私は船村桔次の件で玲奈に愚痴をこぼしていた。

「――倫理学を教えている教師が不倫をしていたなんて、ちょっと笑えないよね」

私がそう言ってアイスコーヒーをずっと啜《すす》ると、玲奈は慰め口調で、

「でも最近の流行《はや》りじゃん。ゲス不倫。恋愛なんて結局はエゴだし。正直みんなもっと好き勝手すればいいのにって思うよ。それがちょっと口説いただけでセクハラ扱いされるような社会じゃ、みんな萎縮《いしゅく》しちゃって、少子化にもなるさねそりゃ」

「先進国が押《お》し並《な》べて少子化問題に悩んでいるのは、ソフィスティケイトされた社会が個人のエゴを過剰に封じているからなのかもね。みんな臆病《おくびょう》になってる。これでアメリカ並みの訴訟社会になったら、ますます出生率が下がってこの国は亡《ほろ》びるだろうね」

「でもブスがやったらセクハラだけどイケメンが同じことをしても許されるみたいな風潮はあるから、そこで進化論で言うところの自然淘汰《しぜんとうた》が働いて、優秀な遺伝子が後世に残る手助けはしてくれてるのかも」

「勇気あるブスの強引さは、性格の上での優秀さとはそこで見做《みな》されないのか」

「性格的に自己主張の強い人ばかり残るのは得策じゃないからね。イケメン以外で最優先に残すべきなのは、前に出る性格とかじゃなくて、頭脳の優秀さだろうね。だってほら、頭のいい人って恋愛に関しては臆病になりがちじゃん。気を遣いすぎるというか。だったらいっそのこと、頭脳明晰《めいせき》で美形だったら強姦《ごうかん》しても罪に問われないぐらいの政策を打ち出してもいいんじゃないかとさえ思う」

極論を言い放った玲奈が意味ありげに私のことをじっと見詰めてきたので、何か言い返さなければと思い、

「少子化に関しては、何とも言えない立場ではあるんだけど……」

「まあ冗談だけど、少なくとも男女同権と少子化問題はリンクしているぐらいのことは、政府は認めなきゃいけないと思うよ。男女同権を誇らしげに謳《うた》いつつ国が亡びてゆくのをただ黙って見ているか、国の将来を見据えて男尊女卑を復活させるか」

「その二択しかないとまだ決まったわけじゃない。男女同権のまま出生率が上がる方法があれば、それが一番だということで、今はいろいろ対策を練っている時期だから」

「男女は同権でもいいと思うんだけど、人類みな平等を貫いていては永遠に解決しない問題があるってことはみんなわかっていて、だから建前上は同権でもいいんだけど、実際上は、優秀な遺伝子を持つ人にはもっとエゴイスティックに行動してもらったほうが、国というか世界のというか、そう、人類のためになるとわたしは思っていて、だから真弥はもっと自分の思うがままに行動してもいいんだよ」

「権利の段階化ね」

結局、玲奈の基本的な考え方は昔と変わっていなかったのである。そこから話が飛んで、「ちなみにその船村さんと、彼の奥さんと、もしもどちらかをこの世から排除できるとなった場合、真弥はどちらに死んでもらいたいと思う？　ほら、男女で意見が分かれることが多いって聞くじゃん」

既婚者だと最初に言わなかった船村に落ち度があるかと言えば当然あるだろう。でも今もなお彼に抱かれたいと思っている私にとって、答えはひとつしかなかった。

「その二択だったら迷わず奥さんでしょ。会ったこともない人だし。でもその人がたとえ死んでも、私にメリットなんてほとんどないから、本気で死んでほしいなんてまったく思ってないからね」

口ではそう答えながらも、心の中で自問する。もし彼の奥さんが亡くなったとしたら。自分が代わりに正妻の座に就けるとは微塵《みじん》も思ってなかったが、それでも彼を誰かとシェアしているという気持ちを払拭《ふっしょく》できるのは、自分の中で案外大きなメリットになるかもしれない……。

そんな私の心の中を見透かしたように、

「わたしも身近に死んでほしいと思ってる人がいるんだけど――」

玲奈はそこで、ひと呼吸ぶん溜《た》め込んでから、小声で言った。

「交換殺人してみない？」

3

「そういえば、グルジアって国名がジョージアに変わったよね」

私がそのときに思ったことを、そのまま口にすると、

「唐突に何？　……えっ、もしかして、コーカサス人ってこと？　駄洒落《だじゃれ》？　親父《おやじ》ギャ

グ?」

私の捻《ひね》くれた思考経路を辿《たど》れる玲奈は、本当に凄《すご》いと思う。社会科の知識も必要だし。

「社会科ジョークって言って。ってか、この議論を続けるのは別にいいけど、誰かに聞かれたらまずいんで、これからはその単語、コーカサス人――じゃあ原形が残ってるから、うーん、カフカス人って言い換えない?」

「じゃあカフカでいいよ。カフカで」

「カフカって『変身』の人だっけ」

「たしかそう。かふかに憶《おぼ》えてる。って親父ギャグ返し。あーつまんない」

と言って、玲奈は恥ずかしそうに手でぱたぱたと顔を扇《あお》ぐ仕種《しぐさ》をして見せた。実際に話をしてみたら、こんな子だったんだという意外な一面を見せられた形だが、逆に言うと、ほとんどの友人知人にとって玲奈はこんな子であり、その内面の危険性を知っているのは、実はこの世で私一人だけなのかもしれない。

「わたしたちがこんなふうに深い話ができる仲だってこと、他の誰にも知られてないでしょ。高校時代に同じクラスだったのは事実だけど、仲良くしてるのは見たことがないって、同級生のみんなも証言するだろうし。カフカにはうってつけの間柄じゃない? わたしたちって」

「さっきも言ったように、私は別に彼の奥さんをカフカしてもらいたいって、考えてないからね」

「ううん、真弥にはもっと自分に正直に生きてほしいの。真弥が邪魔だと思う人は自然とこの世から消えて無くなるとか、そういう限られた人にだけ与えられる権利がもしあったら、真弥は絶対に持つべき人なの。船村さんか奥さんかの二択じゃなくて、もっと範囲を広げて考えた場合にはどう？　教師仲間で嫌な人とか、ゴミ出しのルールを守らない近所の人とかいない？」

顔が気に入らないという理由だけでデホーに死んでもらいたいかと言われれば、それは違うと言うしかない。顔や人格を知っていることがその人への害意の抑止に繋がっているということを、私はそのとき理解した。自分の中で働いている、そういう心理的メカニズムを玲奈に説明すると、

「だとしたらやっぱり船村の奥さんね。顔も人格も知らないから、可哀想《かわいそう》と思わなくて済む。でもその場合、真弥のアリバイを確保するだけじゃ足りないよね。船村さんのアリバイも確保しとかないと」

交換殺人の最大のメリットはアリバイの確保にある。私はAさんを殺したい、玲奈はBさんを殺したいというときに、Aさんが殺されれば動機から当然私が疑われそうなところを、私がアリバイを確保している間に玲奈が実行してくれれば、私は嫌疑を免れられる。同様に玲奈にアリバイがあるときに私がBさんを殺せば、玲奈に容疑はかからない。玲奈

とAさん、私とBさんの間にはまったく繋がりがないので、死者の周辺を捜査しても実行犯に辿り着くことはできない。それが基本的なパターンである。

　船村の奥さんが殺されたときに、真っ先に疑われるのは夫の船村桔次であろう。私が容疑圏外に置かれても彼が逮捕されてしまっては犯行の意味がなくなる。玲奈の言うとおりであった。

「船村さんと真弥のアリバイが同時に確保できる日時があったら教えて。冗談半分っていうか、冗談が九割以上なんだけど、その日になったら考えてみて、もしやれそうだったらやってみようかなって思ってるから」

「そんなことをしたからって超人にはなれないよ。わかってるとは思うけど」

　十年前にニーチェを薦めたのは間違いだったかもしれないと思いつつ、私がスマホを取り出して、

「とりあえず連絡先だけは交換しとこうか」

　と言ったところ、玲奈は首を左右に振ったのだった。

「わたしたちの関係はできるだけ無にしとかなきゃ。カフカのために。十年ぶりに再会したことも、ここでこうして一緒にご飯を食べたことも、誰にも言わないでおいてほしいの。連絡は――手紙がベストかな」

「手紙」

「ハガキじゃ駄目だからね。出すのは封書で。あと読んだら必ず焼き捨てる。そうすれば連絡を取り合った証拠が残らないから。最初はわたしから出すよ。真弥の住所を教えて。暗記するから」

高校時代には携帯電話ではなくパソコンでメールの交換をしていた二人が、大人になったら今度は手紙のやり取りをしようとしている。それはそれで面白いかもしれない。

「デリダだったらやめろって言うかもしれないけど」

住所を教えた後、そんなふうに社会科ジョークを飛ばすと、

「郵便的不安？」

即座にそんな言葉が返ってきたので、ニーチェ以外の哲学者にもある程度は通じているらしい。かと思うと、

「ポスト構造主義とも掛かってる？」

「ポスト構造主義のポストって、郵便物を投函《とうかん》するアレじゃないし」

リアルな滝井玲奈はやっぱり面白い子だった。

その日は結局ファミレスで一時間半ほど話し込んだだけで、次には行かずその場で別れた。玲奈いわく、カフカのためにはそのほうが良いのだとか。私も《エイトポイント》へ行く気分ではなくなっていたので、馴染みのないその駅から折り返しの電車に乗って、日付が変わる前には帰宅していた。

滝井玲奈からの手紙は、偶然の再会から三日後に届いた。高校時代の長文メールを経験しているので、分厚い封書が届くのかと思いきや、便箋《びんせん》一枚に用件だけが手書き文字でしたためられていた。

《先日は相本さんと再会できて嬉しかったです。近況報告も積もる話もほとんどできませんでしたけど、カフカのためにはそのほうが良かったのかもしれないと思い、この手紙にもそういったことは書きません。というわけでカフカに関してですが、とりあえず相本さんはFさんの住所などはご存じでしょうか？　もしご存じでしたらそれを手紙で報せていただけたら幸いです。わたしの住所を以下に記すので、メモなどは取らずに暗記して、この手紙は封筒もろとも焼却してください。》

短いながらも「カフカ」や「Fさん」といった隠語を使い、私の呼び名も「真弥」から「相本さん」に変えて距離感を調整したりして、万が一誰かに見られても致命的なことにはならないように気を遣って書かれていた。

さてどうするか。面倒を避けるのならばこのまま連絡を断つのが一番だろう。返信は出さずに放置する。第二便第三便が届いても無視する。でも返信を出さずにいたら彼女がどういう反応を示すか、今一つ読み切れないのが不安だった。私が先にここの住所を教えてしまったので、いざとなったら玲奈はここに来ることができるのだ。

結局、Fさんの住所は知りませんという内容の簡単な手紙を書いて、その日のうちに投函した。

その週末、船村桔次とようやく今年最初の逢瀬（のやり直し）が実現した。

「先週は済まなかった」

彼に肩をポンポンと優しく叩《たた》かれただけで、私は何も言えなくなってしまう。

ベッドの中で久しぶりに彼の愛を味わった後、私が何気なく、次回がいつになりそうか尋ねたところ、

「二月はね、珍しく海外出張があるんだよ。行先はシンガポールで、二月九日から十二日までの三泊四日でね。三人の部下と一緒だから、君を連れては行けないけど。……どうした？」

「あ、ううん、何でもない」

実は私も同時期に、九州に旅行する予定が入っていたのである。二年生の修学旅行の引率で、日程もまったく同じ二月九日から十二日の三泊四日。

「その出張の前は準備がいろいろあって忙しいんで、次は二月の後半かな。……風呂《ふろ》に入る」

彼が入浴している間に、スーツをハンガーに掛けようとしたとき、ズボンの尻《しり》ポケットから免許証入れが床にぽとりと落ちた。ボタンを掛けられるようになっているのだが、そのボタンが外れていたようだ。

拾った免許証をそのままズボンに戻せば良かったのだが、私は中を開いて住所欄を確認してしまった。見ていたのはほんのわずかの時間だったが、そこに記載されていた《東京都立川市》で始まる文字列は、翌朝までしっかりと私の目に焼き付いていた。

彼が妻帯者だと知ってしまった後の行為は、何も知らなかったときと比べて、自分の中でやはり何かが違ってしまっていた。一夜を共にしたのに満たされたという気持ちになれない。深淵がそんな私をまた縁まで引き寄せる。

その日の夜、私は滝井玲奈宛ての二通目の手紙を投函した。同時にそれまで何となく捨てずにいた彼女からの最初の手紙を台所で焼却処分した。

4

修学旅行ではちょっとした事件が起きた。堂林萌子が失踪《しっそう》騒ぎを起こしたのだ。

旅程の二日目。班ごとの自由行動日で、午後五時までに福岡市内の旅館に戻ることが義務付けられていたが、萌子は帰りの電車で途中下車してしまったのだ。降りる予定のひとつ前の駅で、他の班員には何も告げずに、ドアが閉まる直前に素早く降りてしまったという。乗物酔いとかで、あとひと駅ぶんが我慢できずに降りちゃったのかなと、同じ班の生徒は考えたそうだが、だとしても携帯電話の電源を切ったままにしているのはおかしい。

連絡がついたのは夜七時過ぎで、旅館からは五キロほど離れた繁華街のゲーセンにいると、仲の良い友達の携帯電話にメールが届いた。担任教師がタクシーを飛ばして無事に連れ戻したのでひとまずホッとしたものの、萌子に理由を聞いても「集団行動が嫌になった。家に帰りたい」としか言わない。教職員による臨時会議でとりあえず彼女を東京に帰すことが決まり、両親に迎えに来るよう要請したところ、「九州までは行けない。旅費だけは送るのでそのへんに放《ほう》り捨てて行ってください」という返事をいただいたという。

結局、今日のうちに帰すのは時間的に無理があるので、このまま旅館で一泊させたあと、翌日に付き添いの先生を一人つけて東京に送り返すという処遇が決まった。

「――で、いろいろあって、相本先生が適任だという意見が多かったのですが、ご承知いただけますか」

私は生徒の監視役を任されていたので、職員会議には参加しておらず、どうしてそういう結論になったのかがよくわからない。ただ他の先生が付き添い役だった場合には、萌子が隙を見て逃げるなどの問題行動を起こすことも考えられたが、私が付き添い役になればそういった行動はまず起こさないだろうと思ったので、彼女のことを最優先で考えて翌日の同行役を承諾した。

騒動を起こした萌子は養護教諭の部屋に隔離されていた。私が顔を見せると一瞬、ホッとした表情を見せたが、続いて入ってきた担任が言い放った通告は、さすがに身に染みたようだった。

「堂林さん。あなたの今日の行動に対する処罰は、今はとりあえず保留というか、このまま何事もなければ不問に付されると思います。でももし明日、相本先生に迷惑をかけるようなことがあったら、何らかの処分が科せられるでしょう。事によっては退学もあり得ます。よろしいですね」

その後、教員たちも萌子自身も、他の生徒たちに対しては「体調不良で途中下車した。嘔吐《おうと》した際に服を少し汚してしまったので、このままではみんなの所に帰れないと思い、失踪騒ぎを起こしてしまった。旅行を続けるのは体調的に無理そうなので、今夜は養護教諭の部屋に泊まって、明日一人で帰京する」と虚偽の説明をしていた。事を穏便に済まそうと考えていたのだろう。

翌朝、修学旅行生を乗せたバスの団体が出発したあと、私と堂林萌子はひっそりと旅館を後にした。タクシーを利用して福岡空港へと向かう。その車内では押し黙っていた萌子も、空港のロビーで待ち時間を潰《つぶ》す段になると、ぽつぽつと話をするようになった。

「三年生になるとやっぱり大変だろうなって。レールに乗っているだけでそこに着いちゃう。昨日は、電車の中でそんなことをぼんやりと考えてて、あとひと駅で目的地に着いちゃうって思ったら、降りるなら今だって衝動に駆られて降りちゃって、あとは線路沿いを旅館とは反対方向に歩いて行って、気がついたらあんな場所にいました」

「一度レールから外れてみる必要があったんだね」

こういう悩みをちゃんと理解して受け止めてくれる教師は他にもいる。ただ萌子が私以外の教師を信用していない以上はどうしようもない。現実問題として、ここにいるべきは私なのだ。

「このまま堕《お》ちて行っちゃえば楽かなって最初は思ったんだけど、同時に不安もあって、戻れるなら戻ったほうがいいこともわかってて」

「肩の脱臼《だっきゅう》とかと一緒で、一度外れると癖になる人もいるから、気を付けたほうがいい。人に迷惑をかけて得られるのはせいぜい同情心で、しかも繰り返していると、同情心が欲しくて同じことを繰り返すんだなと見抜かれて、今まで同情してくれていた人からも見捨てられてしまう」

「だったら人に迷惑をかけないように気を付けて生きていれば、愛情が得られるのですか？」

「愛情は生き方どうこうとは関係なく、心と心の響き合いだから、発生原理がまた違っていて、とりあえず今は除外しておきましょう。じゃあ配慮を欠かさずに生きている人が得られるのは何かというと、うーん、敬意、かな。ただ同情心すらすぐに失って邪魔者扱いされるような生き方よりは、敬意をもっていつでも必要とされる人になれるのならば、なったほうがいいとは思いますよね」

萌子は私の言葉をしばらく噛《か》みしめている様子だったが、不意に、

「先生って、本当にすごいですね」

と言い出した。

「頭が良くて、見た目も素敵で。完璧《かんぺき》じゃないですか」

「そんなことはない」

「どこがですか。あ、欲を言えば、身長がもっとあったほうが私的には好みかな。でもそれ以外は完璧」

苦笑するしかなかった。たしかに私の身長は平均をだいぶ下回っていたが、背が低いほうが男たちからちやほやされることが多いので、私自身はむしろそれを大いに気に入っていたのである。欠点は他の部分にあった。だが生徒に易々《やすやす》と見抜かれるようでは教師は務まらない。

十時台に発《た》つ羽田行きの便は、前日のうちに予約を済ませていた。機内ではほとんど会話を交わさなかったが、萌子に求められてブランケットの下で手を繋ぐ程度のサービスはした。

羽田空港まで迎えに来ていた父親に萌子を引き渡したのが正午で、一緒に食事でもと誘われることも想定していたのだがそれもなく、私は祝日の昼に一人きりでぽつんと放り出された形となった。

この旅行の間、交換殺人のことは常に頭の片隅で意識されていたが、本来ならば九州で団体行動をしているはずの私が、こうして都内に戻ってきて単独行動をしている現状は、かなりまずいのではないか。

三泊四日の旅程のうち、初日と最終日は、私と船村桔次の二人がいつ都内を離れていつ都内に戻ってくるかがわからないので、滝井玲奈がアリバイ作りをちゃんとしようと考えてくれていれば、実行日は二日目か三日目のどちらかに限定される。嫌なことを先延ばしにしがちな人の心理を加味して考えると、三日目の今日こそが実は本命なのだ（もちろん実際にはあの玲奈が、殺人などするはずがないと私は思っていて、常識的にはそうであってもいちおう念には念を入れてということで、今は考えている）。

予定外に生じた一日半の休み。本来の私ならどう過ごすか。とりあえず今日は、自宅マンションに帰ってＨＤＤに溜《た》まった録画を消化して過ごしそうだが、それではアリバイが確保できない。かといって普段からしたらまずあり得ないような行動を取ってアリバイを確保した場合も、それはそれで嘘《うそ》くささが際立ってしまう。

考えた末に、私はとりあえず都内の不動産屋を巡ることに決めた。実は去年の末から引越しを考えていて、家の近くの不動産屋を訪れたこともあった。そのときには最初にアンケート用紙を渡されて、間取や家賃や築年、駅からの距離などの希望を書かされたりもした。不動産屋に残されたその用紙が、誤魔化《ごまか》しようのないアリバイの証拠として機能するのではないか。ついでに良い物件が見つかったりしたら一石二鳥だ。

というわけで荷物はJRの駅のロッカーに預け、午後一時過ぎから夜の七時まで、私は都内数ヵ所を巡って、各地の不動産業者から計八枚の名刺をいただいた。日中のアリバイはばっちりである。夜は新宿の《エイトポイント》に七ヵ月ぶりに顔を出し、普段だったら相手にしないレベルの男に誘われて、ホテルの一室で一夜を共にした。その際には身分証明書を盗み見て、住所氏名を記憶しておくことも忘れなかった。重要なアリバイ証人になるかもしれない相手である。

最終日の朝はさすがに疲れていたので、山手線で浜松町まで戻り、コインロッカーから荷物を引き出して、自宅マンションへと戻った。ネットニュースで確認してみたが、船村の奥さんらしき女性が殺されたというニュースは見当たらなかった。翌日もその翌日も小まめに確認したが、立川市で女性が殺されたというニュースはテレビでもネットでも報じられることはなかった。

5

滝井玲奈から届いた二通目は、差出人欄に偽の住所氏名が書かれていたが、手書き文字の癖が一通目と同じだったのですぐにそれとわかった。

《極寒の日々が続いていますが、いかがお過ごしでしょうか。わたしの方は課題本を読み終わりました。かなり疲れたので次の本は四月以降に請求したいと思っています。相本さんに貸しているカフカの『城』ですが、読み終わったらわたしにではなく妹に貸してあげてください。健康面にお気を付けて。それではまた。》

今回も文面には相当の工夫が凝らされていて、私以外の人が読んでも本当の意味は理解できないようになっていた。

私も本当の意味を理解できなければ良かったのに。

この文面の本当の意味は——《わたしの方は課題本を読み終わりました》というのは即《すなわ》ち、玲奈が第一の殺人を無事に完遂したということだ。カフカを《読み終わったらわたしにではなく妹に貸してあげてください》というのはやや判断に迷うところだが、玲奈が殺したいと思っている相手が彼女の妹だ（一卵性双生児で、たしか亜恋という名前だったはず）という意味に取るべきだろう。妹の亜恋が殺したいと思っている人がいるようなので、わたしの権利を妹に譲ります、という意味にも取れなくはないが、たぶんそうではない。

そして（順番は前後するが）《次の本は四月以降に請求したいと思っています》というのは、私が為すべき第二の殺人は四月以降に実行をお願いするという意味に違いない。

通常の交換殺人のセオリーどおりに考えるならば——アリバイがあっても私は第一の事件の関係者で、警察に目を付けられている可能性がある。そんな状態で第二の殺人を急ぐのは危険だ。だから第二の事件は、第一の事件のほとぼりが冷めるまで、しばらく待つのが正しい。

要するに、二ヵ月間のインターバルが要求されるほど、今の私は警察に目を付けられている可能性があるということだ。……マジか？

本当にやったのか。船村桔次の妻を。

三泊四日の旅行の間に事件が起きたとすると、今日の時点で犯行から四乃至《ないし》七日が過ぎていることになる。だとしてもまだ事件から一週間以内。事実関係の確認のために今すぐ船村に連絡を取りたかったが、もし本当に彼の妻が殺されていたとしたら、電話もメールも今はまずい。妻が殺されれば夫がまずは疑われる。海外出張中というアリバイが彼を救うかといえば、完璧過ぎるアリバイは逆に不自然と見做され、共犯者を使った犯行の疑いは残る。そういった場合、警察は船村の携帯電話を押収できるのだろうか。携帯電話会社から通話記録を取り寄せるのでも同じだ。そういったことが可能ならば、すでに私には実行犯の容疑が掛けられていて当然である。

いやしかし――現時点で事件の報道がなされていないように見えるのは、どういうことなのだろう。

考えられるのは、滝井玲奈がただ単に嘘をついているだけで、船村桔次の奥さんは今もピンピンしているか――でなければ奥さんの死が事故なり自殺なりに完璧に偽装されていて、殺人事件そのものが認識されていないのか。

もし後者だとしたら、玲奈は完全犯罪をやり遂げたことになる。そんなことが現実に起こり得るだろうか。

ともあれ、今はただおとなしく船村からの連絡を待つしかない。彼の妻が健在ならば、いつものように彼のほうからメールで次回の誘いがあるだろう。もし事件が起きていたら？　彼の妻が死亡していて、なおかつ事故や自殺として処理されていたら——彼は私に連絡をくれるだろうか……。

結局、船村からの連絡がないまま十日が過ぎ、二月も下旬に入った。彼からの連絡がしばらく止まったとき、今までだったら頃合《ころあ》いを見て私のほうからメールをしていたことを思い出す。それを今回に限ってしないとなると、彼に不審がられるだろうということに気づいたので、私は恐る恐るメールを送ってみた。日を空けて二通目、三通目と送ってみたが、いずれも梨《なし》の礫《つぶて》で返信は来ない。

となるともう電話を掛けるしかない。自然な声で話せるだろうか。残業中か帰宅中（真《ま》っ直《す》ぐ帰ったとしても自宅に帰り着く前）が好ましいだろうということで、午後六時十五分に思い切って通話ボタンを押してみると、話し中の音が流れた。七時に掛けても、八時に掛けても同じだった。

着信拒否されている。

突然の変化の理由として思い当たることはひとつしかない。奥さんが亡くなったからだ。それでもまだ信じられなかった私は、翌日の昼休みに、最終手段に打って出た。彼の会社に電話を掛けたのだ。直通ダイヤルは知らなかったが社名はわかっていたので、代表番号に掛けることはできた。

自宅から掛けるのは危険だと思ったので、公衆電話を利用した。勤め先の最寄り駅は避けたほうがいいと思ったので電車に乗って、途中駅で下車して構内の公衆電話を使った。

最初に音声案内に掛かったのが予想外だったが、何とか総務部に繋ぐことができた。テキトーな会社名と偽名を名乗った後、

「実は私、御社の船村課長に昔お世話になった者でして。あ、今は課長かどうかわかりませんが。それでつい先ほど、電車で乗り合わせた知人から、船村さんのお身内に何かご不幸があったようだという噂話《うわさばなし》を聞きまして、奥さんが……ちょっと信じられなかったのですが、もしその話が本当ならば、何かさせていただきたいと思っていて、その噂の真偽だけでもお伺いできればと思ったのですが」

「船村本人にお繋ぎいたしましょうか？」

と最初はそっけない対応をされたが、めげずにもう一押ししてみた。

「いえ、本人の連絡先は承知していますし、本人に直接お聞きできるのならばそうしていますす。でもそれでは不躾《ぶしつけ》だと思ったので——特に噂話の内容がまったくの出鱈目《でたらめ》だった場合には、失礼に当たりますよね？　そういうことをあれこれ考慮して、ご本人以外の方から、イエス・ノーだけでも教えていただければと思ったのですが」

「……どうしましょう？」

声質から判断して、四十前後の人のいいおばちゃんのようだった。

「ご存じでしたら、こっそりとお教えいただけないでしょうか？」

「そうですよね。本人に聞くのもアレですよね。ええ、じゃあこっそりと。二週間ほど前、船村さんが海外出張から帰られたら、奥さんが亡くなられていたんです。それも、どうやら自殺されてたらしくてね」

囁き声で、私の知りたい情報を教えてくれたのだった。

「そうですか。助かりました。ありがとうございました」

やっぱり船村の妻は亡くなっていた。自殺として処理されたようだが、実際には殺されたのだ。

滝井玲奈が殺した。彼女は本当にやり遂げたのだ。

6

玲奈が殺人を犯したことで、私にメリットは何ももたらされなかった。

船村枯次に捨てられた。知り合いが殺人犯になった。

私も共犯者として——あるいは共同正犯として、扱われるのだろうか？

客観的に見て、私に殺意があったとは言えないだろう。死んでほしいとはひと言も言っていないし――船村家の住所及び私と船村の旅程について報せる手紙はたしかに書いたが、それだけで人が殺されるとは普通は思わない。

もし船村の妻の死が殺人事件として扱われていたとしたら、私は事実をありのままに伝えて、玲奈を警察に売っていたかもしれない。たしかに旅程などは伝えたものの、冗談に冗談で答えるような感覚で、まさか本当に犯行に及ぶとは思っていなかったと主張すれば、たいていの人は納得してくれるだろう。私は共犯者とは見做されず、狂人を友達に持った不幸な関係者（通報者）として扱われ、玲奈だけが逮捕・起訴される。それぐらい玲奈の行動は世間の常識から外れているのだ。

それなのに、玲奈がうまく犯行を成し遂げた結果（どうやったのだろう？）、船村の妻の死は自殺として処理されてしまった。それをわざわざ掘り起こして、実は殺人事件でした、犯人は滝井玲奈という私の知人です、私も事件を起こす側に多少なりとも関与してましたと、自分から警察に訴え出ようという気にはなれない。

しかし事実を知りながら黙っていることで、私は結局、玲奈の共犯者になってしまう。悩んでいるうちに三月が終わり、新しい年度が始まった。私は一年生のクラスの担任になった。それに関する仕事も当然増えて、今までよりもさらに忙しくなった。

帰宅して郵便受けの扉を開けるたびに憂鬱な気分になる。しかし開けずに放っておくこともできない。玲奈からの封書が届いていた場合、誰の手にも渡すことはできないのだから。

四月に入って二週目の火曜日に、ついに玲奈からの手紙が届いた。郵便受けの中にその手紙を見つけたとき、もちろんドキッとはしたが、同時にホッとする気持ちが生じたのも事実だった。この手紙が届いたことで、少なくとも今までの宙吊り状態からは解放されるのだ。

《相本さん、ご無沙汰しております。滝井玲奈です。

わたしに双子の妹がいることは覚えてますよね？　滝井亜恋。年齢も誕生日も当然わたしと一緒です。彼女は主天道寺院（しゅてんどうじいん）という新興宗教に帰依していて、毎週日曜日に根岸にある自宅から戸塚にある教団施設まで通っています。おおよそ午前十時に施設に着いて、十一時には出て来ます。その戸塚の教団施設に通じる道に一個所、とても危険な場所があります。周囲は雑木林で昼間でも薄暗く、午前中に参詣する人はごく僅かで人通りはほぼ皆無に近く、何かあったら危険だといつも妹の身を案じております。危険な個所に印をつけた地図を同封しておきます。

わたしは今週土日月の三日間、会社の同僚と沖縄旅行に行ってくるのですが、何だか胸騒ぎがしています。妹にもしものことがあったらと思うと夜も眠れません。安眠するためにも、そろそろカフカの二冊目に手を出してもいい時期が来たと思いませんか。》

ついに来たか。しかも今週の日曜日という猶予の無さ。

もし私がこの指令を無視したとしたら。痺《しび》れを切らして玲奈自身が妹を殺害してしまうのではないか。それだとアリバイが確保できずに動機のある自分が疑われるからと、交換殺人を持ち掛けてきたはずだが、双子ならアリバイのトリックも考えればどうにかなるのではないか。午前中に妹を殺しておいてから、午後にその妹に成りきって目撃者の前に現れて、妹が午後まで生きていたことにする的な。ダメか。被害者と容疑者が双子だと最初からわかっていたらトリックにならないのか。

横浜市には今まであまり縁がなかったので、根岸《ねぎし》だ戸塚《とつか》だと言われても位置関係がまったくわからない。添付の地図は戸塚区内の問題の教団施設の近くをクローズアップしたものので、危険な個所とやらをピンポイントで指定する目的には合っていたが、表示されている範囲が狭すぎて、私がいま必要としているものではなかった。結局パソコンの地図ソフトで都内から根岸及び戸塚へのアクセスを確認し（根岸のほうは実は必要なかった）、戸塚の教団施設を見つけて駅までのルートを確認した後は、徐々にクローズアップしていって、添付の地図と同じ範囲にまで画像を拡大していった。航空写真に切り替えると、周辺の様子がよくわかる。施設に通じる坂道の片側は崖になっていて、３Ｄ画像で見るとかなりの高低差があり、他の個所は木々が密生しているので落ちても何とか助かる可能性があったが、ほんの二メートルほどの幅しかない「危険な個所」は、その崖の垂直面が排水を流すためにコンクリートで覆われていて、ガードレールを越えたら崖下の岩だらけの河原まで一直線に落ちることになる。まず助かる見込みはなさそうだった。

頭の中で想像もしてみた。ガードレールとは道を挟んで反対側の、崖の上り斜面には、幹の太い大木が何本も生えていて、坂道を歩いている人から身を隠す場所には事欠かない。今は春なので足元で枯葉がガサゴソと音を立てる心配もない。道路は車一台分の幅しかなく、襲撃者が隠れ場所から飛び出せば、被害者には避けようがない。体格差があったら難しいかもしれないが、滝井玲奈は私と身長がほぼ同じなので、双子の妹もほぼ同じ。ならばどうにかなるだろう。

そこでハッと我に返った。私は滝井亜恋という子には何もしない。実際には誰も襲わない。こんな場所へは行かないのだから、襲撃が失敗したときのことを心配する必要はどこにもない。

地図ソフトの履歴を消すことも考えなくてよい。どこまで詳しい履歴が残るか知らないが、たとえクリックした場所が残るとしても、戸塚のこの坂道で事件が起こることはないのだから、わざわざ消さなくても大丈夫だ。

そう思いつつも「履歴の削除」を選択し、玲奈から届いた手紙と地図も燃やして、玲奈からの手紙が届かなかったのと同じ状態にした。

今回は私が動くターンだ。ということは私が動かなければ何も起きない。

そして問題の日曜日が来た。

7

午前中は時計を見て過ごした。

午前十時。午前十一時。玲奈の妹はすでに「危険な個所」を通過した。正午。すでに家に着いて、昼食の時間を迎えているころか。

もし犯行が計画どおりに行われていたとしたら、崖下の死体はいつ見つかっただろう。妹は親と同居しているという話だったので、いつもとは違って娘が帰って来ないと、そろそろ両親が騒ぎ出しているころだろうか。遅くとも夕方までには死体が見つかって、沖縄旅行中の玲奈にも連絡が行く。

玲奈からすれば、夕暮れ時を迎えても実家から（あるいは警察から）そういった連絡が来なければ、相本真弥が裏切ったかと思い始めるだろう。夜になっても、そして明日になっても連絡が来なければ、亜恋がピンピンしていると確信するだろう。

今日はもう何も起きないとして、明日以降、玲奈がどんな行動に打って出るかが心配だ。一回は怖気《おじけ》づくことも許容してくれそうだが、二度目は許されそうにない。しかし二度目のチャンスをもらっても、私は彼女の妹を殺害する気は微塵もない。そうなった場合、彼女は私に対して何をしようとするか。何ができるのだろう。

あるいはこちらから手紙を出して伝えようか。私はあなたの指示には従いません。誰も殺しませんと。

そんなことをぼんやりと考えているうちに時間が過ぎていって、気がつくと夕方になっていた。スーパーのお弁当に割引シールが貼《は》られているころだ。夕食を買ってこよう。部屋を出てエレベーターで一階まで下りると、スーツ姿の見慣れない男達が数人立っていたので、ちょっとビックリした。私と入れ替わりに全員がエレベーターに乗り込んだかと思うと、一人が慌てた様子で飛び出してきて、

「失礼。相本真弥さんですよね？　おいお前ら、こいつだこいつ」

他の男達もすぐに飛び出してきて私を取り囲んだのである。

「署までご同行を願います」

「えっ？　えっ？」

マンションの前に停《と》められていた黒い車の、後部座席の真ん中に乗せられたかと思うと、あれよあれよという間に事態が進行して、気がつけば私は警察署の取調室の椅子《いす》に座らされていた。

「さてと。話を聞かせていただこうか」

五十歳くらいの険しい顔つきの男が私の正面に座っていた。デホーですら愛しくなるほどの御面相だった。

「何の話です？」

「とぼけないでもらいたい。滝井玲奈という女性を知っているだろう?」

「え、はい。私の同級生です。高校のときの」

警察はすでに玲奈の名前を把握していた。おそらく船村の妻の件だろう。そう思っていると、

「なぜ殺した」

「え、誰をですか?」

わけがわからずに聞き返すと、

「だから、滝井玲奈をだよ」

話がおかしい。今日死んで見つかるのは滝井亜恋のはずだったのでは。

「どうして殺されたのが玲奈だと決めつけてるんですか。彼女には双子の妹がいたはずです。生きているほうが嘘をついている可能性だってありますよね?」

そう言いながらもすでに私の脳はパニックに陥っていた。どういうことだ。沖縄にいる玲奈が「自分は亜恋です」と主張しているのか? 会社の同僚と旅行をしているのに?

いや、死んだのが亜恋だとして、そもそも誰が殺したというのか? 私が実行しなかったのに死んだということは、玲奈が殺したとしか考えられない。その場合、玲奈は沖縄などには行っていないことになる。

私の混乱にトドメを刺したのは、刑事の次のひと言だった。

「双子の妹ね。そういう嘘を高校時代についていたという話はこっちも聞いているが、あんたも信じてたというのかね。まあ好きにすればいいさ。実際には滝井玲奈に双子の妹などいなかった。だから紛れなどない。ガイシャは滝井玲奈。二十八歳。身長一六二センチ、体重四十八キロ――」

手元のバインダーを開いて中の書類を読み上げ始めたところに、

「デカ長。すごいことがわかりました」

若手の刑事が部屋に飛び込んで来て、私の前にいた強面の刑事を廊下に連れ出してしまった。そのまましばらくの間、私は放置されていたが、戻ってきた強面が開口一番にこう告げた。

「なるほどな。あんたと滝井玲奈の二人で、すでに一人殺してたってわけだ」

このときにようやく、船村桔次の妻の件が浮上したのであった。

8

その後の取り調べを通じて、刑事が私から引き出した情報と、私が刑事から引き出した情報と、どちらが多かっただろうか。

滝井玲奈は自身が描いた設計図のとおりに「危険な個所」から転落死を遂げていた。中二のときに主天道寺院に入信させられたのは玲奈自身であり、実家に住んでいる間は現場となった坂道を通って、施設に毎週通っていたのだそうだ。

転落死する際に、彼女は鞄《かばん》の中の携帯電話の録音機能をオンにしていた。「やめて。いまわたしは相本真弥に襲われています。やめて、あー」という声が録音されていたため、警察は早急に私の身柄を確保したのだという。同時に被害者の自宅を調べていたところ、船村枯次の妻を殺したときの記録や証拠品が見つかったので、話が一気に大事になった。

玲奈が一月中旬まで勤めていたのは興信所だった。ピッキングの技術を持ち、外国製のスタンガンを所持していた玲奈が、どうやって船村家に侵入し、どうやって被害者の意識を失わせたか、説明するまでもないだろう。

炬燵の電源コードを途中で切断し、被膜を剝《は》いで、失神している被害者の心臓の前後の肌に直接貼り付け、スイッチを握らせた状態で感電死させた。スタンガンでできた火傷《やけど》がそれによって死亡時のものと見分けがつかなくなった。犯行後は外から施錠して現場を後にしたので、第一発見者の船村は妻が自殺したとしか思えず、警察の初動捜査もそれに釣られて判断を誤った。エレベーター内の監視カメラに映っていた、被害者が帰宅したときに着ていたはずのコートが、室内から見つからないという矛盾も見逃されていた。そのコートは、滝井玲奈の自室から発見されており、スタンガンによる焦げ跡が残っていた。

私はすべてを正直に打ち明けた。しかし刑事は私の話をはなから嘘と決めつけていた。船村の妻殺しの共同正犯と滝井玲奈殺しの主犯として、私は逮捕された。

共同正犯のほうはとりあえず措《お》いておくとして、私は玲奈を殺してはいない。彼女は自殺したのだ。私に襲われているという実況を録音しながら。

なぜそんなことをしたか。彼女は私を愛していたのだ。愛する人に殺されたい——それが、高校時代から「存在しない双子の妹」を作り出すほど悩み、苦しみ、限界を超えて生きていた玲奈が見つけた「人生のゴール」だった。十年ぶりに再会した私に、彼女はそんな救いを見出してしまったのだ。交換殺人を持ち掛けて、双子の妹になりすました自分を殺させる。私が現場に現れて実際に手を下すのがベストだったが、それが叶わなかった場合には、自ら命を絶った上で、私に殺されたという証拠を残す。相本真弥が滝井玲奈を殺したと社会的に認められれば、それでよしとしよう……。

玲奈の部屋からは日記帳が見つかっていた。その中に、私が彼女と何度かホテルで過ごしたという記載があったという。

「あんたが男と寝てたことは《エイトポイント》ってバーで確認が取れてる。もちろん船村からもな。女ともやっていたとなると、両刀使いだったってことになる。実はそっちも確認が取れてる。あんた、教え子に手を出してたらしいな。堂林——萌子か。あんたと寝たって証言してるよ」

もう無茶苦茶だ。萌子が私に好意を持ってくれていることはわかっていたが、勝手に寝たことにしないでくれ。

萌子の証言が大きく響いて、私は滝井玲奈とも関係したことになり、玲奈を使って船村の妻を殺し、実行犯の玲奈も殺したことにされてしまった。

優秀な弁護士が付けば裁判でひっくり返すことも可能かもしれないが、さて、どうなることやら。

芦沢 央

代償

芦沢《あしざわ》 央《よう》
1984年東京都生まれ。2012年『罪の余白』で第3回野性時代フロンティア文学賞を受賞。ほか著書に『悪いものが、来ませんように』『今だけのあの子』『いつかの人質』『許されようとは思いません』『雨利終活写真館』『貘の耳たぶ』『バック・ステージ』。

完、と変換してエンターキーを叩《たた》いた瞬間、腹の底から震えを伴う熱がこみ上げてきた。

思わず天井を仰ぐと、膨らんだまま強張《こわば》っていた肺からぬるまった息が押し出される。キーボードに乗せたままの両手の先に微《かす》かな痺《しび》れを感じ、志藤《しどう》は口元を小さく歪《ゆが》めた。どうやら、よほど力を込めて打ち込んでいたらしい。そう気づいた途端に目の奥にも鈍い痛みを覚え、眼鏡《めがね》をずらして目頭を指の腹で強く揉《も》む。

物語が佳境に入ってからの現実世界での記憶がまったくなかった。今日はこのまま書き続けようと考えたのが夜中の三時過ぎ——あれからどのくらいの時間が経《た》ったのか。

時計を見ても五時というのが午前なのか午後なのか判断がつかず、志藤は軋《きし》む腰を慎重に伸ばしながら窓へと向かう。隙間《すきま》なく閉ざしていたカーテンを薄く開けると淡い菫《すみれ》色の空にはどこか不穏な印象さえ与える茜《あかね》色の雲が浮かんでいて、夕方なのだとわかった。身体感覚からして二時間しか経っていないということはないだろうとは思っていたものの、それにしても自分が十四時間も没頭し続けていたらしいという事実に驚く。

こんなにも集中して書き続けたのはいつ以来だろう。

志藤はぐらつく頭を押さえながらトイレへ入って用を足した。便器に当たる濃い色の小便をぼんやりと見つめ、長く息を吐く。少なくとも、ここ数年では一度もなかったことだった。プロットはできていてそれぞれのパートで何を書けばいいのかもわかっているのに、書いても書いてもメモを丁寧に清書しているような感覚が拭《ぬぐ》えなかった。読み返すと時折勝手にギアが軽くなってしまうように目が滑り、その時点でぷつりと集中が途切れてしまう。

だが、今回は明らかに書いている間の手応《てごた》えが違った。書くそばから次に書くべき言葉が目の前に現れ、それをひたすら打ち込んでいくとさらにその先の言葉が溢《あふ》れ出《で》てくる。書いているというより見えない何者かに書かされているような感じで、指という身体《からだ》の一部を動かすことでしか頭の中にあるものを取り出せないのがもどかしかった。脳にアダプターを差し込んで直接出力できたらと思いながら、駆り立てられるようにしてキーボードを叩き続ける。そして、そんなふうに指の動きが止まらないことと関係するのか、自分で読み返しても文章自体に躍動感があった。登場人物の言動や感情の流れにも無理がなく、自然に次へ次へとページをめくっていける。

これはいける、という予感は、最後の一行が突き抜けるように決まった瞬間、確信に変わった。

――この作品は、俺の代表作になる。

小説を書き始めて二十年、二十六歳のときにミステリの新人賞を受賞し、プロの作家として書くようになってから十六年――そのうち、前半の八年間はほとんど仕事がなかった。デビュー作が話題になることはなく、その後、デビューした版元で何とか五年かけて三作出した間にもヒット作は出ず、次の三年間は雑誌に二回短篇《たんぺん》を書かせてもらっただけで本も出せなかった。

流れが変わったのは、八年前、意地もプライドもかなぐり捨てて招待されてもいない版元のパーティーに顔を出し、名刺を配って回って、新しい版元でも仕事をさせてもらうようになってからだ。そこから少しずつ本が出せるようになっていき、一度ヒットが出ると、今度は向こうから依頼をしてくれる版元が増えた。

だが、そうなると今度は上手《うま》く書けなくなってきてしまったのだった。期待に応《こた》えなければ、きちんと結果を出さなければと思うあまり、書けば書くほど自分が書いているものがつまらなく凡庸なものに思えてくる。担当編集者と徹底的にプロットを詰めたにもかかわらず、いざ書き始めてみるとまったく話が膨らまなくて書き進められなくなってしまう、ということが続き、だからこそ今回はプロットはおろか、テーマやモチーフについても事前に相談せず、とにかくラストまで書き上げてから提出させてもらうことにしたのだった。

――そして、それは正解だった。

志藤は噛《か》みしめるように考えながらトイレを出て、洗面所で顔を洗う。両手で水を汲《く》んで顔に叩きつけるようにしてかけていると、ふいに背後から「大輔《だいすけ》さん」という妻の声が聞こえた。

志藤は手の動きを止めて、ああ、と低く答える。脇《わき》にかかっていたタオルで顔を拭って眼鏡をかけ直し、改めて妻の依子《よりこ》に向き直った。

「書き終わった」

そう短く告げると、依子は一瞬目を見開いてから、「お疲れ様」と細める。

「もしかして、いい手応えだった？」

今度は、志藤が目を見開く番だった。

「どうしてわかるんだ」

「何年あなたの妻をやっていると思ってるの」

依子はいたずらめいた表情で笑う。

「ほら、シャワーでも浴びてきたら。その間に何か食べるものでも用意しておくから」

心得た口調で言われて背中を押され、志藤は浴室のドアノブに手をかけてから、いや、と依子を振り返った。

「それより、早く読んでくれないか」

「もう読んでもいいの？」

「ああ、まだ第一稿だから粗い部分はあるだろうけど——正直、自分では悪くないんじゃないかと思っているんだ」

　へえ、と依子が目をしばたたく。

「すごい楽しみ。大輔さんが自分でそう言うってことは、本当はかなりいいと思ってるんでしょう？」

「いや、わからないよ。結局ただの自己満足な可能性もあるし」

　志藤は慌てて顔の前で手を振った。すると依子は、「だけど今回、全然途中で相談してこなかったじゃない」と首を傾ける。

「それだけ全然行き詰まらなかったってことじゃないの？　そう言えば私も、ここまで全然関《かか》わっていなくて内容すら聞いていないのなんて初めてかもしれない」

「まあ、そう言えばそうか。いつもは大抵アイデアの段階で聞いてもらうからな」

「そう考えると完全に読者として読めるなんて新鮮」

　依子ははしゃぐように両手を胸の前で叩き合わせた。

「もう印刷してあるの？」

「今出すよ」

　志藤はそそくさと書斎へ戻り、プリンタの電源を入れてパソコンを操作する。依子は本棚の前のカウチソファに座って膝《ひざ》の上にクッションを置くという、本や原稿を読むときのいつもの体勢になった。「楽しみだなあ」ともう一度言ってから、「そうだ、今のうちにトイレに行っておこうっと」とひとりごちて、パタパタと書斎を出て行く。

やがてプリンタが勢いよく紙を吐き出し始めた。インスタントコーヒーを片手に戻ってきた依子に、志藤はひとまず印刷が終わったところまでを渡す。

「よろしくお願いします」

「はい、たしかに」

いつものならいで捧《ささ》げるようにして差し出すと、依子はほとんど編集者のようにうなずいて受け取った。

「続きはこれを読み終わったら自分でプリンタに取りに行くから、大輔さんは休んでていいよ」

いや、どうせ興奮していてしばらく寝つけないから、と志藤は答えかけて、自分がここにいたら読みづらいかと思い直す。

「わかった、じゃあとりあえず何か食って風呂《ふろ》にでも入ってくる」

「一応冷蔵庫に今日のお昼ごはん用に用意していたものが入ってるから」

依子は心持ち早口に言うと、視線を手元の原稿に落とした。その瞬間、依子の周りの空気がすっと静まる。物語の世界へ入ったのだとわかった。

志藤はそっと部屋を出て浴室へ向かい、自動湯張りのスイッチを入れてからキッチンへ移動する。冷蔵庫の扉を開けると、依子が言っていた通りサンドイッチが入っていた。おそらく、仕事をしながらでもつまめるようにと考えて作ってくれたのだろう。

ふいに志藤は、胸が熱くなるのを感じた。

思えば、妻には本当に苦労をかけてきた。作家デビューできた喜びと勢いで、婚約したばかりだったというのに食品会社を退職してしまった自分に対し、依子は文句一つ言わず、まあ大輔さんはどっちにしても兼業は無理だったと思うよ、と肩をすくめて言ってくれた。当時、依子は派遣社員として働いていて、後から聞けば両親からは作家なんて水物ではなくて一応ちゃんとした職にも就いているのならということで結婚の承諾をもらっていたらしいにもかかわらず、だ。そして両親の反対を押し切る形で、突然甲斐性《かいしよう》なしになった自分と予定通り結婚してくれたのだった。

『私は、なんだかんだ大輔さんの作品のファンだから』――自身も昔は小説家を目指して書いていたことがあるという依子が事あるごとにそう繰り返してきてくれたからこそ踏ん張ってこられたのだと、志藤はつくづく思う。

志藤がアイデア出しに困ると、依子は何時間でもブレストにつき合ってくれた。興味深い新聞記事や使えそうな資料があれば切り抜いたりコピーしたりして取っておいてくれ、物語の展開に悩めば聞き役になってもくれた。自分自身ですら自分の作品が面白いのかどうかわからなくなったときも、必ず読んで誰《だれ》が何と言おうと私は好きだと言ってくれた妻。彼女がいなければ、自分はとっくに廃業していたはずだと志藤は心底思っている。

「さすがにそろそろ、いい思いをさせてやりたいよなあ」

志藤はあえて言葉に出して言いながら、その勢いで腰を上げた。浴室へ入り、湯が半分ほど溜《た》まっているのを確認して湯張りを止め、身体をざっとシャワーで洗うというよりすすいでから浴槽に浸《つ》かる。熱い湯が肌の表面をぴりりと刺激しながら包み、呻《うめ》きに近い声が漏れた。そのまま腰をずらして少ない湯に無理やり肩まで浸かり、両目を閉じる。

——依子は、どんな感想を抱くのだろう。

そう考えると、心地よさに弛緩《しかん》していく身体の外側に反して、内臓が微かに縮こまるように引きしまる。

プロになって何年経とうと、一番緊張するのはこの第一稿を渡してから感想をもらうまでの時間だった。どうしても落ち着かないし、その間は他の仕事も手につかなくなってしまう。

それを知っているからこそ、依子はいつも第一稿を渡すと何をおいても最優先に読んでくれるのだった。読むのも速く、あまりに長い話でない限りは大抵一晩で読み終わってくれる。

——そうだ、そのときにきちんと感想を聞くためにも、とりあえず少しは眠っておいた方がいい。

志藤は自分に言い聞かせると、柔らかな湯から身体を引き剝《ひは》がすようにして浴槽を出た。

だが、第一稿を渡してから三日経っても、依子は作品の感想を伝えようとはしてこなかったのだった。

どの辺りまで読んだのか尋ねれば、二章の終わり、四章の初め、などと答えが返ってくるものの、明らかにこれまでと比べてペースが遅い。

最初は、一気読みしてしまうくらいの面白さがなかったのかといじける思いを抱くのは傲慢《ごうまん》というものだろうと自嘲《じちょう》気味に考えていた志藤も、少しずつ時間が経つにつれて口元に笑みを浮かべられなくなっていった。

さすがに、あの依子が三日かかっても読み終わらないということはないはずだ。それなのに何も言ってこないということに、理由がないわけがない。

志藤は書斎の中をうろうろと歩き、読みたいと思って買いながらも読む時間が取れずにいた本の山を眺めた。数分迷ってから落語をモチーフにしているという連作短篇ミステリを手に取り、ページをめくって読み始めたところでため息をつく。やはり、どうにも今妻が何を考えているのかが気になって、文章の意味が頭に入ってこない。

志藤は本を閉じ、再び部屋の中をうろつき始めた。我ながら気の小さいことだと思うが、今回の作品はそれほど会心の出来だったのだ。自分はこの作品を書き上げるために作家になったのかもしれないとすら思ったし、この作品が書けたからこそ、これからも作家として生きていけるという手応えがあった。もし、この作品が良くないのだとしたら、自分は進むべき道さえも見失ってしまう。

いや、依子のお眼鏡にかなわなかったとて、編集者は認めてくれるということは充分ありえるだろう。だが、デビュー前からずっと自分の作品を読んで応援してくれていた、いわば一番のファンでもある妻が面白いと感じてくれないのだとしたら――そのとき、自分はどうするのだろう。依子がどう言おうと編集者がＯＫを出すのなら問題ないのだと割り切って発表するのか、それとも依子が面白くないと言うようなものならば出したくないと考えるのか。

答えは、考え込むまでもなく出ていた。自分は、この作品を発表せずに埋もれさせることなどできない。

そして、発表すればどんな作品もいい評価ばかりを受けるわけではなくなる。だが、ここで迷いながら出して悪い評価を受けたとき、自分はまったく後悔や葛藤《かっとう》を抱かずにいられるかどうか。

――ああ、だからこそ依子も正直に感想を伝えられずにいるのかもしれない。

志藤はそこまで考えて、口の中に苦みを覚えた。カウチソファに腰かけて背もたれに頭を預けると、三日前に書き上げたばかりの物語の断片が泡のように浮かんでは消える。

今回書いたのは、窃盗を繰り返す女の一代記だった。初めて友達の髪ゴムを盗んだ幼少期から、親の財布からお金を抜き続けた小学生時代、教室移動の隙《すき》に集金袋を盗んだ中学時代や万引きで捕まった高校時代を経て、やがて女は派遣社員として数々の会社を転々としながら、その行く先々で少しずつお金を盗んでいくようになる。人間関係を丹念に築き上げては、やがてそれを壊さずにいられなくなる女の奇妙な人生と哲学を描いた長篇で、書き上げることができたのは明らかに依子のおかげだった。

派遣社員として働くということの感覚や実態は依子の話を参考にしたし、女性が人間関係を築き上げていくときの空気感やそれを失うことの意味も依子がいなければ到底つかむことはできなかった。

だからこそ、その妻に楽しんでもらえなかったとしたら、それは、何か物語の重要な部分で失敗してしまったことの証明のような気がしてしまう。

そもそもの着想のきっかけは、約一年前、別の仕事のために刑法についての分厚い解説書を読んでいたら押さえていた手を離した拍子にページがめくれてしまい、公訴時効についてのページが現れたことだった。そう言えば、時効というモチーフはそれ自体にドラマ性があるにもかかわらず正面を切って書いたことがなかった、と気づいたのだ。

志藤はそれを、天啓のように感じた。まるで、小説の神様が自分にこれを書くべきだと示してくれたようだった。そして、時効を物語の核にした犯罪小説を書こうとネタ帳と未使用の資料を引っくり返しているうちに、金庫破りの資料を見つけたのだ。

それは、十年ほど前、泥棒の話を書こうと思いついた志藤のために依子が集めてくれたものだった。けれどそのときは結局プロットの段階で行き詰まり、使わないままになってしまっていたのだ。

――今なら、あのときにできなかったことが、違う形でできるかもしれない。

志藤がそう考えたのは、八年前、みるみるうちに膨らんでいく借金に途方に暮れた経験があったからだった。

当時、志藤は焦っていた。作家という看板を掲げてはいるものの、新作を発表するあてもなく、しかも依子が派遣切りに遭うことが決まったのだ。

このままでは本当に食っていけなくなる――そう考えた志藤が、何とかして金を増やせないかと手を出したのが株だった。そして、気づけば二百万円の借金を作ってしまっていたのだ。

今なら、出版社に事情を説明して前借りさせてもらうことも不可能ではないだろう。だが、当時の立場ではそれも難しく、稼げない上に借金まで作ってしまったことがあまりに情けなくて依子にもすぐには話せなかった。こそこそと複数の友人から借りて返済に充てるも増えていく利子に追いつかず、額があっという間に四百万円に増えてしまったところで結局慌てて妻に白状したときの心底消え入りたくなった思いは、今でもくっきりと思い出すことができる。

結論から言えば、依子が「親から借りられたから」と言って返済してくれ、その後、志藤がプライドを捨てて仕事をかき集めるようになったことで、何とか数年かけて友人たちにも全額返済することができた。

だが、金を返し終えても信頼を完全に取り戻したとは言いがたい。特に、妻の両親は激怒しているということで、以来会ってもらえなくなってしまった。

あまりにも手痛い失敗だった。けれど志藤は、あの失敗がなければ今の自分はなかったとも思うのだ。

あそこまで追い詰められたからこそ、意地もプライドもかなぐり捨ててとにかく仕事をもらわなければと思えたのだし、そうして余計なことは考えずに夢中で取り組んだからこそ、書けた作品がいくつもある。

そして何より、金によって信頼や人間関係が失われていったあのときの感覚がなければ、今回の話も書ききれなかっただろう。

志藤はカウチソファから立ち上がり、本棚へ向かう。

自分がこれまでに出してきた本の背表紙をゆっくりとなぞり、吸い寄せられるようにデビュー作の上で指を止めた。ここから十六年——果たして自分は、前に進んできたのかどうか。

デビュー作を手に取り、静かに見下ろしながらページをめくる。そして最初の一文字目に視線を落とした瞬間、書斎の扉から小さなノックの音が響いた。

心臓が、どくんと跳ねる。

ああ、と応える声が微かにかすれた。扉がほんの少し軋む音を立てながら開き、依子がうつむきがちに入ってくる。

「時間がかかってしまって、ごめんなさい」

依子は、志藤とは目を合わせず、背中を丸めるようにして頭を下げた。志藤は「いや」と答えてその先を続けかけ、けれど言葉が出てこないことに気づく。

依子は、「あのね」と言いづらそうに切り出して言葉を止め、腕の中の原稿の束を抱きしめるように身体に引き寄せてから続けた。

「実は、これとすごく似た話が、ＷＥＢで公開されているみたいなの」

は、と問い返す声は、志藤自身の耳にも間の抜けたものに響いた。

あまりにも予想外の言葉に、その意味が上手く理解できない。

「それは、どういう……」

「あのね、もちろん偶然だと思うんだけど、これとすごく似た話をどこかで読んだような気がして、どこで読んだんだろうって探していたらWEBで見つかって……」

依子も気が動転しているのか、同じ内容を繰り返した。志藤は眉根《まゆね》をきつく寄せる。

――すごく似た話？

それは一体、どういうことなのか。

依子は、視線をさまよわせながら口を開いた。

「何ていうか……あらすじとか設定とかが同じなの。盗みを止《や》められない女の人の人生を書いた話で、子どもの頃《ころ》の話から五十代までが書かれているところも、髪ゴムとか集金袋のエピソードとかまで似ていて……もちろん文章は全然違うし、クオリティも大輔さんのとは段違いなんだけど」

後半、慌てたようにつけ足された声が、薄膜で覆われたようにくぐもって聞こえる。

「まさか」というつぶやきが志藤の口から漏れた。その唇をすぐに引きしめて歪めてみせるのに、冗談だろうと笑い飛ばすことができない。

「私も、そんなわけあるはずがないって思って、だから今までそのサイトを探していたの。読んだことがある話のような気がしたのは、私の勘違いとかかもしれないしって」

依子は思い詰めた表情で言った。そのままこみ上げてくる何かを堪《こら》えるように唇を噛みしめる。

志藤は喉仏《のどぼとけ》を上下させ、依子の腕から原稿の束を受け取った。その重さを手の中に感じた途端、腹を強く押されたような圧迫感を覚える。この一年間、他の仕事を犠牲にしてでも書き進めてきた長篇。勝負作にしたいと考え、あえて連載枠を断って久しぶりに取り組んだ書き下ろし作品だった。

だが、もし本当にそこまで似ている話が既に存在しているのだとしたら、当然このまま出すわけにはいかなくなる。

「そのサイトって……」

「持ってくる」

志藤が言い終わるよりも早く、依子は踵《きびす》を返して書斎を出ていった。志藤はよろめくようにしてカウチソファに座り、原稿の束を傍らに置く。

気づけば、心臓が早鐘のように打っていた。渇いた喉《のど》に何度も唾《つば》を流し込む。

依子は既にプリントアウトしていたのかすぐに戻ってきて、A４用紙の束を差し出してきた。志藤は、無言でそれを受け取る。

まず目に飛び込んできたのは、左肩にある今日の日付だった。志藤が目を留めたことに気づいたのか、すかさず依子が「そこにあるのは印刷した日」と言い添えてくる。

「この小説がアップされたのは二年も前みたい」

二年前——志藤は、視界の焦点がぶれていくのを感じた。それをまばたきをすることで何とか合わせながら、横書きに並ぶゴシック体を懸命に目で追っていく。

文章がひどく読みづらく、一文の中で主語や時制や視点がずれている箇所も少なくなかった。場面転換が唐突で、一つ一つのエピソードがまったく有機的につながっていない。なまじ設定や展開が酷似しているからこそ、その違いは悪夢のようだった。

自分ならこんなふうにはしないのに、と考えて、自分の小説がまさにこの小説をリメイクしたかのように見えかねないことに自分で気づく。

「何なんだ、これは」

志藤は思わずつぶやきを漏らした。

どう考えても、この小説を読んだ記憶はない。それなのに、なぜ、こんなにも話の根幹、そしてディテールまでが似てしまっているのか。

今回、こんな話を書くということは、何かのインタビューの折はもちろん、編集者や作家仲間、妻にさえ話していなかった。三日前に書き上げるまでは、自分の頭の中にしか存在しなかった物語のはずなのに。

「……大輔さん、このサイトに見覚えはないよね?」

依子は、いつの間に持ってきたのか、妻専用のノートパソコンの画面を向けてきた。志藤は飛びつくようにして覗《のぞ》き込《こ》み、そのページの右肩に躍る四つ葉のクローバーと小鳥のイラストをじっと見つめる。

——見覚えはない。

まず、そう思った。だが、その何の変哲もないフリー素材として出回っていそうなイラストは、見たことがあったところでほとんど記憶には残らないだろうとも思う。

それでも、志藤は「ない」と答えた。

「もし読んだことがあるのなら、同じ話を書こうとなんてするわけがない」

「そうだよね」

「俺は、本当に盗作したりなんて……」

口にしかけてから、その言葉の響きに自ら打ちのめされる。

――そうだ。

志藤は、血の気が引いていくのを感じた。

もし、自分の作品が刊行されたとして、この小説の書き手や、このサイトを見たことがある人が読んだとしたら、どう思うのか。

盗作したわけでは、決してない。自分の中では疚《やま》しいことなど何一つない。だが、世間は本当にそう見てくれるだろうか。

「何でこんなことが起こるんだ」

志藤は堪《たま》らずに頭を抱えた。本当に、意味がわからなかった。自分が読んだ記憶がない以上、偶然に決まっているとわかるのに、その自分ですらそんなことはあり得ないんじゃないかと思ってしまうのだ。

偶然で、ここまで似るわけがない。

それは、直感だった。だが、そうした理屈を抜きにした感覚だからこそ、否定しきることができない。

「……私が、これを読んであなたに話しちゃったんだとしたら」

依子が、震えた声でつぶやいた。

志藤は、ハッと顔を上げる。依子は宙を見つめたまま小さく息を吸い込んだ。

「よく覚えていないけど、私が大輔さんの小説を読んで見覚えがあるって思ったってことは、私はもっと前にこのサイトを見ていたってことでしょう？　だったら……私が、あなたにこの内容を話してしまったのかもしれない」

「俺は、おまえからそんな話を聞いた覚えも、」

「でも、それ以外にどうやったら説明がつくの？」

依子は志藤を遮り、悲愴《ひそう》な声を出す。次の瞬間、くしゃりと見えない手で握りつぶされたように顔を歪め、うずくまるようにして泣き始めた。

「ごめんなさい。全部私が悪いの」

「違うよ、おまえのせいじゃない」

志藤は反射的に否定しながら、妻が口にした言葉を反芻《はんすう》する。

『私が、あなたにこの内容を話してしまったのかもしれない』

——たしかに、それなら説明がつく。

いや、本当に偶然それぞれが同じ設定で同じ展開の物語を思いついて書いたとは考えにくい以上、それ以外に納得がいく説明が見当たらないのだ。

身体の芯《しん》が冷えていくのがわかった。

おそらく、依子は「こういう小説を読んだ」という話し方はしなかったのだろう。あるいは、インターネット上で読んだ、という言い回しから、自分が勝手にネットニュースか何かの話のように解釈して聞いてしまったのかもしれない。

たとえば、何か別の考え事をしているときに依子がこのサイトを読んでの感想を話していたとしたら。聞こえてきた話の断片が記憶のどこかに残っていて、後になって自分でネタを見つけたような気になってしまったということも、あり得なくはないのではないか。

——いや、むしろどこかでそう考えることに罪悪感を持っていたからこそ、依子から聞いた話であることを忘れてしまったとだって考えられる。

「ごめんなさい」

依子が肩を震わせながら床に両手をつき、頭を下げた。

「せっかく、あなたが頑張って書いたのに」

「依子」

志藤は慌てて依子の上体を押しとどめる。

「違うよ。俺がもっと早くおまえに相談していればよかったんだ」

そう低く口にしてから、目をきつくつむった。その途端、後悔がどっと押し寄せてくる。

――そうだ、なぜよりによって、今回に限って依子に相談せずに書き進めてしまったのだろう。

相談でなくても、ただひと言、こんな話を書こうと思っているんだ、とさえ話していれば、そこで依子は問題に気づいてくれたはずなのに。

だが、志藤はそこまで考えてから、いや、と思い直した。

完全なオリジナルではなかったからこそ、今回は途中で行き詰まらなかったのかもしれない。次に何を書くべきか――そうしたビジョンが、明確すぎるほどの形で脳裏に存在していたから。

つい三日前、今回は明らかに書いている間の手応えが違ったと思ったことが苦く思い出される。書くそばから次に書くべき言葉が目の前に現れ、それをひたすら打ち込んでいくとさらにその先の言葉が溢れ出てくるように感じたこと。見えない何者かに書かされているような不思議な感覚。

あれが、すべて「答え」を知っていたからだったとすれば。

志藤は、全身から力が抜けていくのを感じた。まぶたからも力が抜けて、自然に薄く開かれる。

現れた視界には、太腿《ふともも》の上で投げ出された自らの手のひらがあった。

何とか部分的に直すことで出せないかな、と先に言い出したのは依子だった。

志藤はうなだれていた頭を弾《はじ》かれたように持ち上げる。視線が絡んだ瞬間、自分はこの言葉を依子が口にしてくれるのを待っていたのだとわかった。

このままあきらめる気には、到底なれなかった。あるいは、もしこのWEB小説が面白ければ、まだあきらめがついたかもしれない。だが、正直なところ、この作品は明らかに題材を生かしきれていないのだ。

こんな中途半端な出来のもののせいで自分の渾身《こんしん》の一作が日の目を見ずに終わってしまうなんて、とても受け入れられなかった。だが、それでも自分から「部分的に直せば」と言い出せなかったのは、それがひどく疚しいことに思えたからだ。

自分はこの小説を読んだ覚えも、依子から話を聞いた覚えもない。だから盗作したわけでは決してない。けれど、既にこの作品が存在するのだと知っていて小手先の修正でごまかそうということは、まるで盗作したのだと認めることのように思えた。

「よく考えると、女性の一代記っていうのはある種普遍的な形でもあるし、それが罪を犯してしまう女性だっていうのも実はそれほど珍しいことじゃないと思うの」

依子はひと息に言いながら机へと向かい、付箋《ふせん》を手に戻ってきた。志藤の原稿を猛烈な勢いでめくって付箋を貼《は》っていく。

「エピソードとか設定が共通しているから似ている印象を受けるけど、逆に言えばそこを変えればいけるんじゃないかな」

一枚、二枚、三枚——次々と増えていく付箋を見ながら、志藤はそんなにも直すのか、と目眩《めまい》を覚えた。けれど同時に、背中を丸めて原稿に向き合い、目を血走らせてページをめくり続ける妻の姿にこみ上げてくるものも感じる。

——この三日間、依子はずっと考えていてくれたのかもしれない。

何とかして、この作品を生かす方法を。

おそらく、ずっとサイトを探していたというのは嘘《うそ》だったのだろう。きっとサイト自体はすぐに見つけ、その後はひたすら二つの作品を読み比べながら考えてくれていたのだ。似てしまっている部分はどこなのか。どこが特に致命的に重なってしまっているのか。

そうではなく今考え始めたにしては、さすがにあまりに速く、手つきに迷いがなさすぎる。

「一番の問題は社会人になってからの展開で、特にこの金庫破りのところは技術が独特すぎるから、ここがあるとどうしても無関係な作品には見えないと思うの」

依子は原稿に視線を落としたまま早口に続けた。

「あと、主人公が母親になったことでもう罪は犯すまいって決意するところは、まあ正直ちょっとベタっていうか、ある意味共通してしまっていてもそれほど変な感じはしないけど、その子どもが七歳になる——ちょうど時効直前の頃にかつての主人公と同じように友達の髪ゴムを盗《と》ってしまうっていう展開は結構特殊だよね。その時効のカウントダウンが最後の金庫破りのシーンと絡んでくるところも特徴的だし、」

「ちょっと待ってくれ」

志藤は慌てて言葉を挟む。

「あのシーンも、窃盗罪の公訴時効が七年だっていうところがキーになってくるのもこの作品の肝だし、あそこを直すとなると全部直すしかなくなるよ」

「でも、肝だからこそ直さないと別の作品として見てもらえないんじゃない?」

依子は鋭い口調で言い、拳《こぶし》を口に押し当てた。志藤は唇を開きかけ、けれど何も言えずにそのまま閉じる。

妻の言うことは、もっともだった。

どうしてもこの作品をあきらめたくないのなら、やはり小手先の修正ではなくまったく新しい作品になるところまで手を加えるべきなのだ。

だが、そう頭ではわかるのに、どうしても気持ちがついていかなかった。いや、改稿自体に抵抗があるわけではない。作品をより良くするための改稿であれば、いくらでもやる心づもりはあるのだ。しかし、今回の場合はそうではない。

――発表すればどんな作品もいい評価ばかりを受けるわけではなくなる。だが、ここで迷いながら出して悪い評価を受けたとき、自分はまったく後悔や葛藤を抱かずにいられるかどうか。

この三日間、考えてきたことが蘇《よみがえ》った。そう、どれほど時間と手間をかけて自分なりに最高の形にまで持っていったとしても、百パーセント誰からも認められる作品になることはあり得ないのだ。そして、そうしたネガティブな声を聞いたとき、自分は元の作品のままだったらと思わずにいられないだろう。

あそこを直していなければ。あの作品と似てしまっていなければ。不本意な直しだからこそ、おそらく永遠に後悔し続けることになるに違いない。

「作品の出来を悪くするような直しはしたくない」

志藤は、声をしぼり出すようにして言った。依子が小さく息を呑《の》む。

「でも……悪くなるとは限らないでしょう。もしかしたら、もっと良くなることだってあるかもしれないじゃない」

「それはそうかもしれないが……」

志藤は口ごもった。

依子の言っていることは正論だと思う。だが、もう自分の中のどこを探しても、そんなあるかどうかもわからない宝を探しに行くだけの情熱が見つからないのだった。いや、そもそも小説を書くということ自体が、あるかどうかもわからない宝を探しに行くことなのだ。書き上げるまではどんな作品になるのかわからない。面白いアイデアを見つけたと思っても、いざ書いてみたら納得がいく作品にならないかもしれない。それでも、何とか自分を奮い立たせて書き進めていく——だが、そうしてやっとの思いで手に入れた奇跡のような宝を手放して、また新しい宝を探しに行かなければならないと妻は言っているのだ。

もう、この山にはこれ以上の宝はないかもしれないのに。

志藤は、細く長く息を吐いた。

「……俺には、無理だ」

「そんな、でも……」

「せっかくいろいろ考えてくれたのに申し訳ない」

志藤は遮る形で立ち上がり、本棚に身体を向けることで依子に背を向ける。これ以上、妻と向かい合っていることが耐えがたかった。

この八年間、必死に這《は》い上《あ》がってきたつもりだった。プライドを捨て、とにかくプロとしての仕事をし、何とか妻を養えるまでになった。その結果、何作かヒットが出せたものの、かえってそのせいでスランプに陥り、けれどそれであきらめることはなく試行錯誤を続けてきた。そして、その先につかんだのがこの物語だったのだ。

この作品を書けたことで、自分が味わってきた情けなさや悔しさは無駄ではなかったのだと思えた。散々苦労をかけてしまった妻にも報いることができると思った。


だが、結局自分は八年前と何ら変わっていなかったのではないか。他の仕事もせず、家事もせず、ただひたすら小説ばかり書いてきて、しかもそれが大した金にもならずに挙句借金まで作ってしまったあの頃と。

「疲れただろう。少し休んでくれ」

　労《ねぎら》うというよりも、ほとんど懇願するような口調になった。

　依子は、数秒迷うように留《とど》まっていたものの「あなたも休んでね」と言い残して書斎を出ていく。

　扉が閉じ、足音が遠ざかっていくのを待ってから、志藤は身を投げ出すようにしてパソコンの前の椅子《いす》に座った。両手で頭を抱え、力一杯頭皮を掻《か》きむしる。

　大声で叫び出したくなる衝動を必死で堪えた。

『私が、あなたにこの内容を話してしまったのかもしれない』

　妻の悲痛な声が耳の奥で反響する。

　真実がどうであれ、妻がそうして責任を感じてしまっている以上、早く気持ちを切り替えるべきなのはわかっていた。この作品をあきらめるのであればさっさと次の作品に取りかかるべきだし、あきらめずに改稿をするのだと決めるのならば、もはや今の原稿には一切未練を残さずに徹底して改稿するべきだ。この件についてただ悩み続けることは、暗に依子を責めることにもなってしまうのだから。

志藤は息をゆっくりと吸い込みながら腕を下ろし、顔を上げた。そのまま限界まで吸い込んだ息を、今度は一気に吐き出す。

背筋を伸ばしてパソコンに向き合い、マウスを操作してメール画面を開いた。受信トレイをスクロールさせて〈川上東吾《かわかみとうご》〉という名前の上でクリックする。

八年前、何とかして金を稼がねばと招待されてもいない版元のパーティーに顔を出して名刺を配って回ったとき、原稿が書けたら読むから送ってくださいと最初に言ってくれた編集者だった。そして、実際に原稿を送るなり本当に読んでくれ、ものすごくたくさんの鉛筆を入れて指導してくれたのだ。その後、初めてヒットした作品も川上と一緒に作ったものであり、川上がいなければ自分はここまで生き残ることもなかっただろうと志藤は心の底から思っている。

だからこそ、今回の作品は川上に送りたかったのだった。川上に喜んでもらいたかった。驚いてもらいたかった。これ、いいじゃないですか、と興奮を滲《にじ》ませた声で言って欲しかったのだ。

志藤は奥歯を強く嚙みしめながら、メールの文面を打ち始めた。無事に書き終わったこと、けれど送る前に妻に見せたら同じような小説をＷＥＢで読んだことがあると言われたこと、見せてもらったらたしかにかなり似ていること、自分は読んだ覚えはないこと、だが、もしかしたら妻から間接的に話を聞いて、それが無意識の内に作品に反映されてしまったかもしれないこと――起こったことを正直に書いているはずなのに、自分でも言い訳じみていると感じる。

こんなことを書くくらいなら、もはや上手く書けなかったからまた一から新しい作品に挑戦させてくださいと言った方がマシかもしれないとも思った。

だが、それでも結局事情を説明しながらも作品を添付してしまったのは、本として発表して、たくさんの読者に読んでもらうことは叶《かな》わないかもしれなくても、せめて川上には読んでもらいたかったからだ。

ＷＥＢ小説のプリントアウトを拾い上げて、端に書かれたＵＲＬをメールに加え、数秒間迷ってから、思いきって送信ボタンを押す。

途端にどっと疲れが押し寄せてきて、志藤はその場に突っ伏した。

川上から電話がかかってきたのは、メールを送ってから三時間ほどしてからだった。

結局眠れないままだった志藤は、携帯の画面に表示された名前に息を呑み、深呼吸をしてから通話ボタンを押す。

『これ、すごくいいです』

開口一番言われた言葉に、一瞬、返答に詰まった。

——この言葉を、どれほど心待ちにしていただろう。

目頭が熱くなるのを感じながら、志藤は「ありがとうございます」と低く返す。腹の底に力を込め、でも、と続けた。

「こんなことになってしまって申し訳ない」

盗作、という言葉は否定するものであっても使いたくはなくて、つい遠回しな表現になる。

川上は一拍置いてから『それなんですが』と困惑を滲ませた声を出した。

『お送りいただいたURL、間違えていませんか?』

「え?」

志藤は目をしばたたき、慌ててマウスをつかんで送信メール内のURLをクリックする。すると、画面の中央に小窓が現れ、〈ユーザー名とパスワードを入力してください〉という文字が表示された。

「……何だ、これは」

『やっぱりパスワードの入力画面が出ました?』

「ああ」

ずだ。

志藤は眉根を寄せる。こんなものは、依子のパソコンで見たときには出ていなかったは

『ＵＲＬをコピーする際にどこかが切れてしまっていたりはしませんか？』

「あ、いや、直接打ち込んだから打ち間違えたのかもしれない」

志藤はＷＥＢ小説のプリントアウトを引き寄せた。目を細めてＵＲＬを指でなぞり、一文字一文字確かめていく。

だが、最後の一文字まで見比べても、間違えていると思われる箇所は見つからなかった。

「たぶん、合っていると思うんだが」

『たとえば、このハイフンが本当はアンダーバーだったりはしませんか？』

「アンダーバー？――って、これは違うよな？」

志藤は思わず尋ね返してしまってから、川上には見えていないのだと気づく。何となくバツが悪い思いで「俺はこういうものには疎くて」と言うと、『志藤さん、ご自分の公式サイトを管理していませんでしたっけ』という困惑と呆《あき》れが混じったような声が返ってきた。

「あれは全部妻にやってもらっているんだ」

志藤は答えながら書斎を出て、寝室のある二階を見上げる。依子は眠ってしまっているだろうか。「今、妻はちょっと手が離せないんだが」とつけ足すと、川上はうーん、と小

さく唸《うな》った。

『ちなみに、このURLは何を見て打ち込んだんですか？』

「妻がプリントアウトしてくれた紙の右上の端に載っているのがそれっぽいから、これを打ち込んだんだが……これがそもそも違うのか？」

川上はあきらめたように短く息を吐く。

『わかりました。それでは、今からおうかがいしてそれを見せていただいてもよろしいでしょうか』

「おうかがいって……家にか？」

志藤はもう一度、階段を見た。編集者を呼ぶとなれば、依子を起こさなければならなくなる。それもしのびないなと考えたところで、

『ご負担でしたらもちろんご自宅近くのお店でも構いませんが……まあ、話題が話題なので、できれば落ち着いた場所でゆっくりお話しできた方がいいとは思うのですが』

という答えが返ってきた。

——たしかに、盗作云々《うんぬん》という話は、外ではしにくい。

志藤は数秒考えてから了承の旨を伝えて電話を切り、階段を上っていく。

だが、寝室の扉をノックする直前で思いとどまった。考えてみれば、お茶くらいは自分でも出せるのだから、わざわざ依子を起こすこともない。それに——おそらく依子は、自

分がこの件で編集者と打ち合わせをすることになったと知れば気に病むだろう。

志藤はリビングへ向かい、ソファの前のローテーブルを適当にウェットティッシュで拭《ふ》いてキッチンの電気ケトルでお湯を沸かし始めた。プリントアウトされたＷＥＢ小説と、先ほど依子が付箋を貼ってくれた自分の原稿を並べ、その構図を正視できずに視線を剝がす。

川上は、一時間ほどで現れた。

ひとまず普段依子がやってくれているように二杯コーヒーを淹《い》れて出し、後から思い出して砂糖とミルクを持ってくる。川上は、どうぞお構いなく、と短く言ったのみで、すぐにＷＥＢ小説のプリントアウトを読み始めた。

ちらりと川上の表情をうかがうと、川上はものすごい速さで眼球を動かし、次々とページをめくってテーブル上に裏返していく。あっという間に最終ページまで裏返したので、思わず「速いですね」とつぶやくと「精読ではありませんから」と淡々と返された。

川上は伏せられた紙を手早くまとめて端を手慣れた仕草でトントンと揃《そろ》える。なるほど、とつぶやきながら顔を上げた。

「たしかに似ていますね」

その言葉に、内臓が下に引っ張られたように重くなる。川上がそう言うのであれば、もはや無関係な作品だと思ってもらうことは不可能なのだろうと考えて、自分がまだ淡い期待を抱いていたのだと思い知らされた。

そうだ、自分はどこかで期待していたのだ。川上がこれくらいなら大丈夫です、と言いきってくれることを。設定やエピソードは似ていますが、小説としてはまったく違います、商業出版されたものでもありませんし、問題ないでしょう――彼がそう言ってくれるのなら、まだこの作品をここで死なせずに済むかもしれないと。

川上はビジネスバッグの中からノートパソコンを取り出し、WEB小説のプリントアウトを見ながらキーボードを叩いた。紙を画面に並べて指先でなぞり、タン、と鋭い音を立ててエンターキーを押す。

思わず一緒に画面を覗《のぞ》き込《こ》むと、先ほど志藤が目にしたのと同じ〈ユーザー名とパスワードを入力してください〉という文字が表示された。

川上が険しい表情で小さく唸り、拳を口元に押し当てる。そして画面を見つめたまま「志藤さん」と低く言った。

「これ、奥様のパソコンでは見られたんですよね」

「ああ」

志藤はうなずきながらも、何を確認されているのかわからない。川上は眉間の皺《しわ》をさらに濃くし、もう一度唸り声を出した。志藤は川上とパソコンの画面を見比べる。

「それがどうかしたのか」

「パスワードを要求してくるということは、このページは一般に公開されているサイトではないということなんです」

「一般に公開されているサイトではない？」

志藤は川上の言葉をそのまま復唱する。それは、どういうことを意味するのか。

「それはつまり、問題ないっていうことなのか？」

言いながら、胸を圧迫していた力がふっと緩むのを感じた。もし、このサイトが公開されていないのだとしたら、自分の小説の方を先に世に出すことも可能になる。だとすると、何も問題はなくなるということではないか。

だが、川上は表情を和らげることはなく「いえ」と答えた。

「それよりも気になるのは、なぜこのページを奥様のパソコンでは開けたのかということなんです」

「ん？　どうしてパスワードを知っていたのかっていうことか？」

「ええ。それと、どうしてパスワードが要求される――いわゆる非公開のページだと知りながら、わざわざ志藤さんを脅かすようなことを言ったのか」

え、という声が志藤の喉の奥に吸い込まれる。上手く理解がついていかなかった。それでも川上は構わずに「そもそも、この二つの作品の似方は、片方の作品を読んだ人から間接的に話を聞いて無意識に真似《まね》してしまったというレベルのものではありません」と続ける。

「これはもう、ほとんど片方の小説を下敷きにリメイクした作品です」

その断言する口調に、志藤は息を詰めた。リメイク——その言葉は、まさに志藤がこの小説を読んだときに感じたのと同じ表現だった。自分の小説が、まさにこの小説をリメイクしたかのように見えかねないと思ったことまでが蘇る。

「……だが、俺はこの小説を読んでは、」

「いえ、逆です」

川上は短く遮った。それから、志藤の目を真《ま》っ直《す》ぐに見据えて続ける。

「志藤さんがこのＷＥＢ小説をリメイクしたのではなく、このＷＥＢ小説が志藤さんの小説をリメイクしたものなんじゃないかと思うんです」

「え？」

志藤は、予想外の言葉に目を見開いた。

「志藤さんは、今回の話の内容を誰にも話していなかった。だから、このＷＥＢ小説が二年前にアップされていたという奥様の言葉を聞いて、まず自分を疑った。何らかの形で自分がこの小説の内容を知ってしまい、それを真似してしまったのではないかと——だけど、たった一人だけ、志藤さんの話の内容を知ることができた人がいるんです」

川上は、感情を悟らせない声音でそこまでをひと息に告げる。そして、そこで一度言葉

を止めると、

「奥様です」

とほんの少し声のトーンを落として言った。

「奥様が志藤さんから小説を受け取ってから、このＷＥＢサイトを見せてくるまでに三日の時間がありました。それだけの時間と原稿のデータがあれば、文章を切り貼りしたり所々の表現や語尾を変えたりして、ものすごくよく似ているけれど少し違う小説を作ることは可能だったはずです」

「まさか、そんな」

「奥様はご自分でも小説家を志していたことがあったんですよね？　それに、志藤さんのサイトを運営しているということは、ＷＥＢサイトを作る技術もお持ちのはずです」

川上はほとんど確信しているような口調で言い、手にしていたＷＥＢ小説の紙をテーブルの上に置く。志藤は、まさか、ともう一度言った。笑い飛ばすつもりだったのに、その声は自分の耳にも強張って響いてしまう。

「あいつがそんなことをするわけがないだろう。第一、そんなことをして妻に何のメリットがあるんだ。そんなことをしたって俺の足を引っ張るだけじゃないか」

「足を引っ張りたかったのかもしれません」

川上は心持ち早口になって言い返してきた。

「実は、そういう身内の方は珍しくはないんですよ。特にアマチュア時代から応援していた方の中には、作家が自分からどんどん離れていってしまうのを面白く思わない方もいるんです」

「面白く思わないって……」

「比較的、作家が女性で応援してきた配偶者が男性のケースの方が多いですけどね。あるいは、親が元作家志望者で、子どもが作家になったとか。要するに、その身内の方は自分が庇護《ひご》していた存在が自分より大きな存在になっていくのが許せないわけです。で、あえて作品にケチをつけたり作家としての活動に反対したりして足を引っ張る」

「それはうちの妻に限ってはないよ」

志藤は、今度こそ笑い飛ばす声音を出す。

「うちの場合は、俺の方が歳《とし》も上だしそういう庇護するような関係性はないからね。妻が意味もなく作品にケチをつけたり作家としての活動に反対したりしたこともない」

「ですが、それはこれまでのことですよね？　今回は初めてまったく奥様にも相談せずに書き上げたんでしょう？――これまでアイデアを一緒に考えたり展開を相談していたりしたのであれば、それは正直複雑なことだと思いますよ。一緒に作品を作り上げてきた、いわば二人で一人の書き手のようなつもりでいたのに、と裏切られたように感じても無理はないかもしれません」

川上は後半を目を伏せて続けた。

「突然、自分の痕跡《こんせき》がまったくない話を突きつけられたわけですから」

「いや、だからと言って……」

志藤は言い返しかけ、そこで言葉に詰まった。ふいに、『はい、たしかに』とうなずいて原稿を受け取る依子の姿が脳裏に浮かぶ。そして、それを自分が編集者のようだと感じたことが。

身体の内側に冷たい水をかけられたような感じがした。

デビュー前からずっと自分の作品を読んで応援してくれていた妻が面白いと感じてくれないのだとしたら、と考えたことが蘇る。依子がどう言おうと編集者がＯＫを出すのなら問題ないのだと割り切って発表するのか、それとも依子が面白くないと言うようなものならば出したくないと考えるのか——それに対して、それでもこの作品を発表せずに埋もれさせることなどできないと結論を出した自分。

志藤は、『完全に読者として読めるなんて新鮮』と声を弾ませてくれていた妻の顔を思い浮かべようとする。だが、代わりに浮かび上がったのは、目の前に差し出された四百万円だった。『親から借りられたから』と言葉少なに言う依子の顔を直視することができなくて、押しいただくようにして受け取ったときに口の中で響いた自らの歯ぎしりの音。

「ただ、これが奥様がされたことであれば、この作品にとっては道が開けることになりますよ」

川上は気を取り直すように声のトーンを上げた。

「このまま不必要な改稿をすることなく発表できることになるわけですから」

志藤は自分の原稿を見下ろす。どう考えればいいのかわからなかった。今、川上が口にしたことは、どこまで本当なのか。自分にとっては、どんな真相の方が救われるのか。

「……妻に、確認してくる」

志藤は声をしぼり出すようにして言った。川上の返事を待たずに階段へ向かい、重たい足を動かして一段一段上っていく。

寝室の扉の前で、数秒間立ち尽くした。右手を持ち上げるものの、なかなか振り下ろすことができない。

階下を見やり、意を決してノックをした。熟睡していれば聞こえないほどの小さな音だったはずだが、思いの外すぐに「はい」という声が返ってくる。

「悪い、今、川上くんが来ているんだが」

低く抑えた声で言いながら扉を開けた。薄闇《うすやみ》の中で、既にベッドから脚を下ろした妻の姿が目に飛び込んでくる。けれど、その表情は陰になっていてよく見えなかった。

志藤は、乾いた唇を舐《な》める。

「それで、例のWEB小説の件を話したら、ちょっとあのサイトが変じゃないかっていう話になって……」

そこまで言った瞬間だった。

依子を包む空気が、見逃せないほどわかりやすく張り詰める。

――まさか。

志藤は、全身を強張らせた。

まさか、川上が言ったことは、本当なのか。

「依子」

呼びかける声が震える。

「もしかして、おまえがあのサイトを……」

それ以上は続けられなかった。だが、依子は訊《き》き返《かえ》してくるわけでも、否定するわけでもない。

『一緒に作品を作り上げてきた、いわば二人で一人の書き手のようなつもりでいたのに、と裏切られたように感じても無理はないかもしれません』

川上の言葉が、頭の中で反響した。そうなのだろうか。自分は、妻を裏切ったのだろうか。そして妻はそれに対する報復としてこんなことをしたのだろうか。

足元がぐらりと揺れた気がして、慌てて壁に手をつく。けれど、依子は微動だにしていなかった。

『突然、自分の痕跡がまったくない話を突きつけられたわけですから』――川上の言葉に、いや、と志藤は反論するように考える。痕跡は、あるはずだ。相談こそしなかったけれど、派遣社員である主人公の描写も、女性の人間関係の築き方も、依子の話を参考にしている。依子自身もこの作品の肝であると言っていた金庫破りのシーンも、依子が集めてくれていた資料を元に書いたものなのだから。

だったら、なぜ――そこまで考えた瞬間、志藤はパンッと脳裏で何かが弾《はじ》けるような衝撃を覚えた。

一年前、刑法の解説書から手を離した拍子に現れた公訴時効についてのページが、唐突にまぶたの裏に浮かぶ。さらに数時間前、妻に対して自分が口にした『窃盗罪の公訴時効が七年だっていうところがキーになってくる』という言葉。そして――自分の借金を依子が肩代わりしてくれたのが、八年前だったということ。

二の腕の肌が、ざっと一斉に粟立《あわだ》った。

窃盗罪の公訴時効は七年――そして、今から一年前は、あの借金を返さなければならなかった頃の七年後に当たる。

それは、まるで小説を書いているときに時折感じることがある電流のようだった。伏線として配置したわけではないエピソードの一つ一つが、突然勝手に一本の線で繋《つな》がっていくときのような感覚。

『親から借りられたから』と言って差し出された四百万円、十年前に依子が集めてくれていた金庫破りの資料、八年前、派遣切りに遭うことになった依子、『この金庫破りのところは技術が独特すぎるから、ここがあるとどうしても無関係な作品には見えないと思うの』という依子の言葉――それらが描き出していく、一つの仮説。

――もし、依子が八年前、資料を集める中で知った金庫破りの方法で職場の金に手をつけていたとしたら。

そんなはずがない、とすぐに否定しようとした。いくら何でも、荒唐無稽《こうとうむけい》すぎる、と。

だが、否定すればするほど、曖昧《あいまい》な仮説の輪郭がくっきりとしてきてしまう。

もし、そうだったとすれば、依子にとって公訴時効という言葉は、それが近づくほどに気になって仕方がない存在になっていたのではないか。あと一年、あと半年、あと三カ月、あとひと月――そして、事あるごとにページを開いていたからこそ、本に開き癖がついてしまっていたのだとすれば。

視界が、急激に暗く狭くなっていくのがわかった。

もし、本当にそうだったのだとすれば、依子は今回の話を読んで、叫び出したくなるような恐怖を覚えたはずだ。

やっと公訴時効が過ぎて、事件について調べるかもしれない人は誰もいなくなった。なのに、もし今回の作品が話題になり、多くの人の目に触れるようになれば、当時の事件の関係者にも読まれる可能性が出てくることになるのだから。

当時の同僚が、八年も前に短期間一緒に働いていただけの元同僚の夫が作家であることを覚えているかどうかは微妙な線だ。だが、作品内で触れた金庫破りの技術を読んで事件を連想する人が皆無であるとは言いきれない。そしておそらく、自分は作品についてのインタビューを受ける機会があれば、八年前に借金で苦労した話も、それを妻が返済してくれた話もしただろう。

それが、藪蛇《やぶへび》になる可能性を考えたのだとしたら。

『一番の問題は社会人になってからの展開で、特にこの金庫破りのところは技術が独特すぎるから、ここがあるとどうしても無関係な作品には見えないと思うの』

――せめて、あのシーンだけでも変えさせなければと、そう考えたのだとしたら。

「あの四百万円は……」

志藤の言葉に、依子がびくりと大きく肩を跳ねさせた。それから小さく身を縮め、細い声で「会社にはすぐに返したの」とだけ告げる。志藤はそれ以上は訊かずに天井を仰いだ。

万が一、自分の小説と依子の起こした事件が結び付けられたところで、既に公訴時効が過ぎている以上、刑事責任を負うことはないはずだ。そして、すぐに返したということは、民事上の賠償責任も負うことはないかもしれない。

だが、もし小説がそれだけ話題になった上で、そんな事実が明るみに出たとしたら――

自分の作家としての人生は滅茶苦茶になっていただろう。

なぜなら、あの四百万円は、自分が作ってしまった借金の穴埋めに使われていたのだから。

「……道理で、お義父《とう》さんたちは何も言ってこなかったわけだ」

志藤は口元に自嘲を浮かべる。

義父母が四百万円を出してくれたと聞いて、一番不思議だったのがそこだった。彼らは、定職にも就かずに娘を働かせて挙句に借金まで作った男に苦言を呈そうとは思わなかったのだろうか、と。だが、そもそも借金の話も知らなかったのだとすれば納得がいく。

けれど数秒後、「違うの」という声が正面から聞こえた。

ハッとして依子を見ると、視線が絡む。

「両親からお金を借りたのは、本当。借金を返し終えた途端に自分は何てことをしてしまったんだろうって思って……結局両親からお金を借りて、それを会社に返したの。だから、お父さんたちは借金のことを知ってる」

「……そうか」

志藤は苦く答えた。その苦さは、これまでよりもさらに強く感じられる。

だが、依子は「でも」と続けた。

「実家の本棚には、あなたの本が並んでるんだよ」

志藤は、目を大きく見開く。続けて、顔に水を思いきりかけられたかのような痛みを感じた。

人生を賭《か》けて自分を支え続けてくれていた妻。信頼を損なってしまってもなお、応援してくれていた義父母。そう考えた途端に、もうこれ以上頑張れないと考えた自分が、猛烈に恥ずかしくなる。

——あるかどうかもわからない宝を探しに行くだけの情熱が見つからないなんて、どの口が言えたのか。

こみ上げてくる何かを、唇を引きしめて飲み下した。その何かが、ゆっくりと身体の芯を通っていく。

自分は、先に進まなければならないのだ。たとえこの先に宝などなかったとしても。

志藤は、依子に短く目礼し、川上と話をするために階段を下り始めた。

秋吉理香子「Partners in Crime」　「ランティエ」二〇一七年六月号
友井 羊「Forever Friends」　「ランティエ」二〇一六年十二月号
似鳥 鶏「美しき余命」　「ランティエ」二〇一七年四月号
乾 くるみ「カフカ的」　「ランティエ」二〇一七年五月号
芦沢 央「代償」　「ランティエ」二〇一七年八月号

ハルキ文庫

あ 30-1

共犯《きょうはん》関係《かんけい》

著者 秋吉《あきよし》理香子《りかこ》／芦沢《あしざわ》 央《よう》／乾《いぬい》 くるみ
友井《ともい》 羊《ひつじ》／似鳥《にたどり》 鶏《けい》

2017年10月18日第一刷発行

発行者 角川春樹

発行所 株式会社角川春樹事務所
〒102-0074 東京都千代田区九段南2-1-30 イタリア文化会館

電話 03(3263)5247(編集)
03(3263)5881(営業)

印刷・製本 中央精版印刷株式会社

フォーマット・デザイン 芦澤泰偉
表紙イラストレーション 門坂 流

ISBN978-4-7584-4121-6 C0193
http://www.kadokawaharuki.co.jp/[営業]
fanmail@kadokawaharuki.co.jp[編集]

ご意見・ご感想をお寄せください。